電波的な彼女
~愚か者の選択~
新装版
Kentaro Katayama
片山憲太郎
illustration
山本ヤマト
Yamato Yamamoto

電波的
登場人物
Characters of
Denpa teki na kanojo
柔沢《じゅうざわ》ジュウ
斬島《きりしま》雪姫《ゆきひめ》
堕花《おちばな》雨《あめ》

草加聖司《くさかせいじ》
堕花光《おちばなひかる》
柔沢紅香《じゅうざわべにか》
鏡味桜《かがみさくら》
円堂円《えんどうまどか》

「それでは柔沢くんを、とっておきの場所に
案内してあげましょう！」

「どこだよ？」

「すっごく楽しいとこ！」

「ジュウ様、あそこは楽しいところです」

「……だからどこなんだよ」

ダッシュエックス文庫

電波的な彼女
～愚か者の選択～　新装版

片山憲太郎

電波的な彼女
～愚か者の選択～　新装版

contents

イラスト／山本ヤマト

電波的な彼女
～愚か者の選択～
新装版

第一章　本日は晴天なり

「お姉ちゃーん、朝だよ！」

しばらく待ってみたが返事がないので、光《ひかる》は扉を開けて姉の部屋に足を踏み入れた。

冷房で適度に冷やされた薄暗い部屋の中に入ると、窓のところに行きカーテンを開く。今日一日の快晴を保証するような朝日が差し込み、部屋の中を明かりで満たした。

光がベッドに目を向けると、案の定、そこでは姉の雨《あめ》がまだ静かに眠っていた。

寝つくのも早いが起きるのも早い光と違って、雨は寝つきは早いが起きるのはとても遅い。それなのに、雨の部屋には目覚し時計は一つもなかった。どれだけ大きいベルを鳴らそうと、彼女は目を覚まさないからだ。彼女いわく「感情のこもってない音は心に届かない」ということらしい。このまま放っておけば、雨はいつまでも寝ていることだろう。

では普段はどうやって起きているかというと、母か光が起こしに来ているのだった。雨は、目覚ましの音には恐ろしく鈍感《どんかん》だが、人の声で呼びかけられると何とか目を覚ます。もはや昔からの習慣になっているのでそれを苦労とも思わない光は、姉を起こすべく耳元に口を寄せようと顔を近づけた。しかし、その途中でしばらく静止した。薄いシーツにくるまった雨の寝姿を、しばらく眺《なが》めたい誘惑に駆《か》られたのだ。長い黒髪がベッドの上に広がり、安らかに眠る雨の姿には、どことなく気品のようなものが感じられる。お伽噺《とぎばなし》に登場するお姫様のようだった。悩み事など一つもないような、無垢《むく》な寝顔。綺麗《きれい》だなあ、と我が姉ながら光は感心する。この姿を写真に撮っておきたいと光は以前から思っているのだが、未《いま》だ実行に移したことはない。そこまでしたらシスコンじゃないか、と自分が恥《は》ずかしくなるからだ。

このまま眺めていたいという衝動を何とか絶ち切り、光は雨の耳元にそっと囁《ささや》いた。

「お姉ちゃん、朝だよ。起きて」

「……ん」

すっと雨の瞼《まぶた》が開き、その瞳《ひとみ》に世界を映した。光が離れると、雨はゆったりとした動作で体を起こし、半《なか》ばシーツにくるまったままで首を左右に巡《めぐ》らせた。普段とは違う、ぼんやりとした表情の中には不安のようなものが見え隠れし、彼女は少しおどおどしながら自分の周りを観察し続ける。

まるで、自分が誰で、ここが何処《どこ》なのかもわからないかのように。

突然、別の世界からこの世界に放り出された異邦人《いほうじん》のように。

雨は少し怯《おび》えた表情で、必死に、そして徐々《じょじょ》に自分の置かれた状況を思い出しているようだった。

これもいつものことなので、光は平然とその様子を見ていた。

三十秒ほどかけて雨は現状を認識し、自分を見つめる妹にようやく朝の挨拶《あいさつ》をした。

「……おはよう、光ちゃん」

「おはよう、お姉ちゃん。ちゃんと目は覚めた？」

「うん」

幼《おさな》い子供のように、弱々しくコクンと頷《うなず》く雨。

ややサイズが大きめのパジャマを着ていることもあって、なおさら幼く見えた。

「朝ご飯作ったから、一緒に食べよ」

「うん」

光が廊下に出るのに続こうと、雨はのろのろとベッドから立ち上がった。

おぼつかない足取りでまっすぐ進む。

「お姉ちゃん、そっちは壁」

「……うん、壁だ」

しょうがないなあ、と光は雨の手を握り、優しく誘導する。光は雨を気遣《きづか》ってゆっくりと歩き、雨は歩き始めの幼児のような危なっかしい歩き方で、恐る恐るそれについて行った。階段を、光と繋《つな》いだ手をギュッと握り、静かに一段ずつ降りていく。

雨の運動神経は光も舌《した》を巻くほどズバ抜けているのだが、何故《なぜ》だか朝はまるっきり退化しているのだ。

まるで、慣れないルールに戸惑《とまど》っているようにも見える。

他人が見れば変に思われるだろうが、光が物心ついた頃から雨はこうだったので、今更《いまさら》それを不思議とも思わない。

いつもは頼り甲斐《がい》のある姉が、朝だけは自分を頼ってくれるのが嬉《うれ》しいくらいだ。

「ほらほら、お姉ちゃん、目をこすっちゃダメでしょ？」

「うん、ごめんなさい」

束《つか》の間《ま》、姉妹の関係が逆転しているかのようで、楽しくもある。

ようやく一階に降りた二人は、ダイニングテーブルに向かった。既《すで》にカーテンは開かれ、眩《まぶ》しい日光が朝の到来を告げてはいるが、母はまだ自室で就寝中。雨が朝に弱いのは、母親似であろう。今日は日曜日であり、時刻は七時半という点を考慮《こうりよ》すれば、寝ているのは当然とも言えるのだが。ちなみに、父は現在出張中で不在だった。

ダイニングテーブルの上には、光の手によって既に朝食が用意されていた。目玉焼きとサラダ、それにヨーグルト。シンプルだが、どれも丁寧《ていねい》に盛り付けられていた。雨をダイニングテーブルの椅子《いす》に腰かけさせてから、光はその向かい側に腰を下ろした。リモコンに手を伸ばし、テレビをつける。チャンネルを天気予報に変え、食パンを二枚、トースターに入れた。パンが焼きあがる間に、光は台所に行って冷蔵庫を開く。

「お姉ちゃん。牛乳とリンゴジュース、どっちがいい？」

「……甘いほう」

光は自分の前には牛乳、雨の前にはリンゴジュースを置き、パンの焼け具合を確かめた。

雨はコップを両手で持ち、ちびちびとジュースを飲む。

長い前髪で視線はわかりにくいが、おそらく天気予報を観《み》ているのだろう。

日曜日でありながら二人が早起きしたのには、もちろん理由がある。

光は空手道場の練習が朝早くからあり、それに参加するためだ。

雨は、誰かと待ち合わせの約束をしているという。

狐色《きつね》に焼きあがったパンを取り出してバターを塗ると、光はそれを雨の皿に置いた。

「ありがとう」

ペコリと頭を下げ、もぞもぞとパンを食べ始める雨。

そんな姉の様子を微笑《ほほえ》ましく観察しながら、光は自分のパンにもバターを塗った。

「良かったね。今日は一日快晴だって」

「うん」

「お姉ちゃんなら大丈夫だとは思うけど、最近はいろいろと物騒《ぶっそう》だから、気をつけないとダメだよ？」

「うん」

とても素直に頷く姉を見て、光は微笑む。

パンを一口齧《かじ》り、サラダを盛った皿からプチトマトを摘《つま》むと、光はテレビに目をやった。

画面は天気予報からニュースに変わり、昨日起きた事件が流れていた。トップニュースは、麻薬中毒者によるバスジャック事件。乗客の機転ですぐに逮捕されたが、犯人は中学生だった。麻薬の汚染は低年齢化が進み、そのうち小学校内でも麻薬が売買されるのではないか、というのが専門家の見方。嘆《なげ》かわしい事態である、と首相がコメントを出していた。他にも、年間の自殺者の数が前年を超えそうな勢いであることや、外国人グループの強盗団による犯行が多発していることなど、陰惨《いんさん》なニュースばかりだった。

光は朝から気が滅入《めい》りそうになったが、雨は平然とそれを観ていた。姉のこういった感覚は、妹としては少し複雑である。

「そういえば、さっき郵便ポスト見たらまた来てたよ、例の草加《くさか》さんて人からの手紙」

「そう」

「あれ、読んでるの?」

「適当に」

たいして興味ないという感じで、雨はテレビを観ていた。

「……まあ、いいけどね。お姉ちゃん、パンもう一枚食べる?」

「食べる」

光は食パンをトースターにセットし、よく冷えた牛乳を飲みながら、ふと思った。

何気ない口調で訊《き》いてみる。

「今日さ、外で会う約束してる人って、ひょっとして、あいつ?」

「あいつ?」

誰のことを言ってるの、という顔で雨は光の方を向いた。

仕方なく、光は固有名詞を口にした。

「柔沢《じゅうざわ》ジュウよ。今日は、あいつと会うの？」

その名は、雨にとって魔法の呪文《じゅもん》にも等しいものだった。一瞬で全細胞が活性化したかのように背筋《せすじ》がピンと伸び、惚《ほ》れ惚《ぼ》れするほど優雅《ゆうが》な仕草《しぐさ》で、雨は静かに頷いた。

「うん」

もし声に色があるのなら、雨の返事は虹《にじ》色に輝いていただろう。

とても幸せそうに頷く雨の頬《ほお》は、少し赤い。

それを悔《くや》しげに見ながら、あいつ今度会ったら絶対苛《いじ》めてやる、と心に誓《ちか》う光であった。


どうして自分はこんなところにいるのか。

ジュウは、一度ここまでの過程を振り返ってみることにした。

まずは夏休み開けの二学期初日。貴重な夏休みを自分のせいで無駄にさせてしまった借りを返す意味も込めて、ジュウは雨の希望にしばらく付き合ってやることに決めた。彼女は命の恩人でもあるわけだし、多少のワガママは聞いてやるべきだろう。どこか行きたいところはないか、とジュウが尋ねると、雨は古本屋に行きたいと答えた。そして二人は、渋谷《しぶや》にある大きな古本屋を訪れた。ジュウの記憶にある古本屋とは規模も品揃《しなぞろ》えもまるで違う、マンガ専門というその店の膨大《ぼうだい》な在庫の数に圧倒され、立ち並ぶ無数の本棚の間をすいすいと移動する雨の手《て》馴《な》れた様子に驚きながらも、ジュウは少しホッとしている自分に気づいた。

繁華街《はんかがい》で服やアクセサリーを見て回ったり、レジャー施設で遊んだり、流行《はやり》の映画を観たり、という一般的な女子高生の好みと雨の好みはまったく違うが、その違いが嫌じゃないと思ったのだ。もし雨が、アイスクリームを片手にショッピングを楽しみたいなどと言い出したりすれば、世間《せけん》一般の女子高生の姿としては普通でも、ジュウとしてはかなり無理をすることになっただろう。

ジュウが同行する事を雨がどう思っているのか訊きはしなかったが、彼女も楽しそうに見えた。雨はマンガを片手に様々な話をし、それは正直ジュウにはさっぱり興味のないものだったが、ただ聞き流しているだけでもそれなりに心地良かった。

こういうのも悪くない、とジュウは思った。

そしてその帰り道、雨を自宅近くまで送り、そこでたまたま光と出くわした。

「あんた、いつまでお姉ちゃんに付きまとうつもり！」

「………」

「お姉ちゃんが素直で可愛《かわい》いからって、あんま調子こいてんじゃないわよ！」

「………」

「この不良！　外道《げどう》！　卑劣漢《ひれつかん》！　オタンコナス！」

「………」

「……ちょっとあんた、何でさっきから黙ってるのよ？」

「いや、おまえの悪口のバリエーションどのくらいあるのかと思って」

「くだらないこと考えてんじゃないわよ！」

「それによって、その人間の品性がわかるんだよな」

「……くっ」

「そろそろネタ切れか？」

「エッチ！　バカ！　チカン！　ヘンタイ！　水虫！」

「最後のは何だよ！」

「想像でものを言うな！」

「おまえがな！」

などと一悶着《ひともんちゃく》ありながらもどうにか収拾《しゅうしゅう》がつき、雨と別れる際に、今度の休日は何か予定があるかとジュウは尋ねた。

何も予定はありません、と彼女は首を横に振った。

「どこか行きたいとこがあるなら、また付き合ってもいいぞ」

「いえ、ジュウ様の深い慈悲《じひ》の御心は、もう十二分に頂戴《ちょうだい》しました。今日は、わたしにとってまさに夢の時間。身に余る光栄でありました……」

そこで雨は、一度言葉を切った。

胸に手を当て、どうやら目を閉じているようだった。

ジュウと過ごした時間を反芻《はんすう》しているのかもしれない。

本来なら自分が付き従うべき存在であるジュウに、逆に自分が付き合ってもらったという事実は、彼女にとってはとてつもなく感謝したくなるような重大事件だったらしい。

通行人の目もあるし、そろそろ止めた方がいいかな、とジュウが思い始めた頃に、雨はようやく言葉を続けた。

「たとえ今この瞬間に命を絶たれようと、この思い出があれば、わたしは地獄の鬼とも戦えるでしょう。そして勝ちます」

「勝つのかよ……」

「もちろんです」

呆《あき》れるジュウをよそに、雨は力強く頷いた。

「地獄より帰還《きかん》し、ジュウ様の守護霊《しゅごれい》として終生お守りいたします」

それはなんか嫌だな、と思ったが口には出さず、ジュウは本題に戻る。

「とにかく、おまえは予定がないわけだ」

「はい。わたしのことなどを気遣っていただく必要はありません。どうぞ、ジュウ様のご自由になさってください。どこまでもお供《とも》します」

グッと小さな手で拳《こぶし》を握って見せる雨。

その固い決意に苦笑しつつ、ジュウはさてどうしようかと考えた。いつも適当に過ごしている自分が、休日の予定を立てるというのは久しぶりのこと。別に一人で過ごしても良いのだが、雨の心意気を無駄にするのも少し不憫《ふびん》なような気がする。

しばらく考えたが、思い当たるものは幸いにしてあった。

「そんじゃ、今度の日曜日に付き合ってくれ」

「はい、喜んで」

そして日曜日、つまり今日、ジュウはここにいるわけである。


いい天気だった。透明感のある空気は広い青空を何処までも見通せそうであり、そうしているだけで日頃の嫌なことを忘れ、心の中にまで日が射してくるかのようで気持ちがいい。気温は比較的低く、風が肌《はだ》に当たるのも涼しくて気持ちがいい。九月の日曜日の天気としては、これ以上ないほどのものだろう。家族で出かけるにも最適だろう。近くの公園、または遊園地、あるいは海に行くのもいいかもしれない。友達と遊び回るのもいいと思う。恋人とデートするのだっていい。こんなに天気のいい日なら、何をしても楽しいだろう。

ジュウは真面目《まじめ》にそう思った。さっきまでの記憶を掘り起こしながら。

「おい、兄ちゃん、どいてくれねえか」

後ろから来た男に声をかけられたので、ジュウは横に移動して道を空《あ》けた。サングラスをかけたパンチパーマの男が、肩をいからせながら奥に進んで行く。立ち止まっていては邪魔になるので、ジュウは壁際に寄ることにした。ここからだと店内がよく見渡せる。店内、という表現が正しいかどうかはわからない。何しろここには、看板も値札もないのだ。場所は地下二階にある倉庫。野球ができそうなほどの広い空間を天井から吊《つ》るされた裸《はだか》電球が照らし、その下には無数のダンボール箱が蓋《ふた》を開いた状態で無造作《むぞうさ》に並べられていた。それらが商品であり、携帯電話と電卓を交互に持ち替えながら大声で話している男が店員、なのだろう。商品はパソコンやDVDプレーヤー、さらにビデオやデジカメなど。他にも細かいパーツなどが売られていたが、ジュウにはよくわからなかった。

雨が言うには、ここは一応電気屋らしい。

日曜日、ジュウは雨を連れて秋葉原《あきはばら》を訪れていた。ジュウの目的はビデオデッキ。最近、レンタルビデオのテープが何度か絡《から》まったことがあり、そろそろ買い換えようと思い立ったのだ。「どこか安い店知ってるか?」と尋ねたジュウに、雨は「お任せください」と自信ありげに頷いた。それを信用して雨について歩き、電気街の大通りを抜け、人込みから遠ざかり、おいこっちは違うんじゃないか、とジュウが言い出そうとしたときに、雨は一軒のビルの前で立ち止まった。会社が夜逃げした後のようなビルの様相にジュウは戸惑ったが、雨は平然と中に入っていった。三分の一だけ開かれたシャッターを潜《くぐ》り抜け、真っ暗な駐車場のようなところを進み、さらに長い階段を降りて行くと、一気に広い空間に出た。それが、倉庫を利用したこの店である。

雨は言った。

「穴場です」

ここまで穴場じゃなくてもいいよ、とジュウは思った。

どう見ても普通の店ではない。客層は大半が外国人で、日本人の客も一般的なサラリーマンや学生などではなく、その筋《すじ》の人間ばかり。明らかに違法の臭《にお》いが漂うことを指摘するジュウに、雨はこう言った。

「ご安心ください。拳銃や麻薬や爆発物などの違法な品は、ここでは扱《あつか》っていません。それはまた別の店です。ここは全《すべ》て正規の品で、格安の上に、交渉次第《こうしょうしだい》でさらに値引きも可能。防犯もしっかりしていますし、普通の店と比べてもトラブルは少なく、ゆっくりと商品を見られます。照明が少々薄暗いのが難点ですが、なかなか良心的な店だと思います」

これが他の誰かならジュウをからかってる可能性も考えられるが、雨は本気だ。

この店がベストだと彼女は判断したのだろう。

彼女に任せた以上、ジュウも今更なにも言えなかった。ビデオデッキの機種には詳《くわ》しくないので、希望する機能と予算を雨に伝えると、彼女はさっそく商品を吟味《ぎんみ》し始めた。値札も書いてなくて値段がわかるのかと訊くと、ダンボールの置かれた位置である程度は決まっていると雨は説明した。雨は、アメフトの選手かと思えるような巨漢《きょかん》の外国人の前にさっと入り込むなどして商品を選ぶと、店員を捕まえた。店員は顔に傷のある目つきの悪い男で、懐《ふところ》にナイフでも隠してそうな雰囲気《ふんいき》。なんだこのガキは、と店員が睨《にら》んでくるのも気にせず、雨は平然と値引き交渉を始めた。

この自信はいったいどこからくるのかというジュウの疑問は、しばらくして氷解《ひょうかい》した。

なるほど、彼女の交渉は巧《たく》みなものらしく、相手の店員は次第に最初の強硬な姿勢を崩《くず》し始めたのだ。

「少し時間がかかりそうです。ジュウ様は、外でお待ちください」

店の雰囲気に居心地が悪そうにしているジュウに気づき、雨は交渉を中断してそう言った。

「そうさせてもらう」

地下室の閉塞感《へいそくかん》が、ジュウはあまり好きじゃなかった。どうせ人は、死ねば暗い地面の下に埋められるのだから、生きてるうちくらいは地上にいたい。

階段を上がり、ジュウはシャッターを潜り抜けて店の外に出た。

相変わらずの青い空。新鮮な空気を吸い込み、やれやれと息を吐く。街の喧騒《けんそう》に追いやられたように、カラスが何羽もビルの上に止まっていた。鳴き声はうるさいが、地下の倉庫よりはずっとましだ。

時計を見るとまだ昼前だった。これが済んだら、どこかで飯でも食おう。予想よりも安く買えるようなら、その労に報《むく》いて雨に飯を奢《おご》ってやるのもいいだろう。休日で混雑する電気街に戻るのはあまり気が進まないのだが。

しかしあいつ、こういう店をどこで知ったんだろうか？

馴れた感じだったし、よく一人で来たりするのか？

そんなことを考えながら欠伸《あくび》を漏《も》らしていると、自販機の陰《かげ》から話し声が聞こえた。そちらに目をやると、幼稚園児らしき幼い女の子に、男が何やら話しかけているところだった。女の子は拒絶の言葉を口にしているようだったが、男の方はそれが聞こえていないかのように一方的に喋《しゃべ》り続けていた。普通のナンパならジュウも気にしないところだが、これでは見過ごすわけにもいくまい。幼児愛好家がすなわち性犯罪者だとまでは思わないが、見ていて気持ちのいいものではなかった。男はポケットに手を入れると、怪《あや》しげな薬瓶《くすりびん》を取り出した。ジュウはすぐに近づき、男の手を摑《つか》んで捻《ひね》りあげた。

「な、なんだよ、おまえ！　邪魔すんなよ！」

「失《う》せろ」

それだけ言って、ジュウは本気で男を睨みつけた。その鋭さに、男は怯えたような顔で震えあがる。昨日の帰り道、床屋に寄って髪を以前のように金色に染めていたことも功を奏《そう》したらしい。

ジュウが手を放すと、男は後ろを一度も振り返らずに走り去った。追いかけて行って蹴飛《けと》ばしてやろうかとも思ったが、やめておいた。無駄な暴力だ。口で言ってわからない奴《やつ》は、殴ってもわからない。

女の子の方に目を向けると、彼女はつぶらな瞳でジュウを見上げていた。肩から下げた赤いポシェットと可愛らしいスカートが、何とも幼く感じられる。

「変な奴に声かけられても、返事することねえぞ」

年長者としてジュウがそう注意してやると、女の子はこちらを見上げながら言った。

「金色」

「えっ？　……ああ、髪のことか」

「外人さん？」

「いや、思いっきり日本人だ」

ジュウは今まで親戚《しんせき》には一人も会ったことはないし、家系図も見たことはないが、まず間違いないだろう。全教科の中でも、英語は特に苦手であることだし。

女の子は、ちょこんと頭を下げた。

「ありがとう」

「気をつけろよ」

ジュウは背が高いので、見上げている女の子は少し首が辛《つら》そうだった。視線を合わせるために、ジュウは女の子の前に屈《かが》んだ。

「もしかして、パパとママを捜してるのか？」

「お父さんとお母さんだよ」

そんな子供っぽい呼び方はしない、という顔で女の子は訂正《ていせい》した。

悪かった、と苦笑しながら謝るジュウ。

「つまり迷子なんだな？」

「違う。お父さんとお母さんと、はぐれただけ」

「それを迷子っていうんだけどな」

「……来年には一年生だもん」

迷子になるほど子供じゃない、と主張したいらしい。

子供扱いされたくない年頃なのだろう。

「お兄ちゃん、誰？」

「俺は、柔沢ジュウ」

「じゅう？　これのこと？」

女の子は小さな手を一杯に広げ、数字の十を示した。

「そう、それだ」

「変な名前」

「俺もそう思う」

「わたしは、鏡味桜《かがみさくら》」

いつも持ち歩いているのか、あるいは迷子になった場合を考えて親が持たせているのか、彼女はポシェットから名札を取り出した。おそらく幼稚園で付けているのであろうそれには、黒いフェルトペンで『鏡味桜』と書かれていた。

「いい名前だな。渋い」

「しぶい？」

「可愛いってことだ」

誉《ほ》められたのが嬉しいのか、桜は歯を見せて笑った。大人になるにつれてできなくなるその素直な笑顔に、ジュウは少しだけ懐《なつ》かしさを覚えた。

鏡味桜

　話を聞いてみると、桜は親と一緒に秋葉原に買い物に来たのだが、途中ではぐれ、困っているという。桜は、歩いてきたルートを辿《たど》り、思いつく限りの場所を一応は捜し回ったらしい。泣き喚《わめ》くことなく一人で親を捜そうとした彼女は、六歳としては立派《りっぱ》なものだ、とジュウは思うが、現実に親を見つけるのが至難《しなん》だということもわかる。ただでさえ今日は日曜日で混雑しており、街は親子連れで溢《あふ》れかえっているのだ。捜し疲れた桜は、取り敢《あ》えず人込みから離れるようにして歩いているうちに、ここまで来てしまったらしい。あまり人込みを好まない性質は、ジュウと似ているかもしれない。

　喉《のど》が渇いているという桜に、ジュウは自販機でジュースを買ってやろうとしたが、桜はウーロン茶にしてくれと注文。

「わたし、ダイエットしてるの」

　子供のくせに、と思ったが、ジュウは希望どおりにウーロン茶を渡してやった。礼を言ってそれを受け取り、桜はプルトップに指をかける。しかし、小さな指ではなかなか開かないようだった。

　仕方なく、ジュウが缶を取り上げる。桜は「あ…」と悲しそうな顔をしたが、ジュウが缶を開けて再び渡してやると、恥ずかしそうにそれを受け取った。

　一口飲んで、顔をしかめる。

「……苦い」

　まだお茶の類《たぐ》いを美味《うま》いと感じる年齢でもないのだろう。ジュウも、子供の頃は甘いものばかり欲しがったものだった。味覚が未発達というよりも、反応が素直なのだ。子供は美味いか不味《まず》いかがハッキリしていて、大人のように小難しい理屈や深みなど求めない。

ジュウは桜の隣に腰を下ろし、自分の缶ジュースを開けて飲んだが、その「果肉入りオレンジジュース」を桜が物欲しそうに見ているので、さりげなく渡してやることにした。飲みかけじゃ嫌がるかな、と思ったが、桜は不平も言わず、むしろ喜んでそれを飲んだ。

「美味いか？」

「つぶつぶ」

小さな両手で缶を持ちながら飲む様子に、ジュウは目元を和《やわ》らげる。

どうも子供には弱かった。特に子供好きだとは思わないが、この幼くて未熟で弱い「子供」という存在には、キツイ態度を取れないのだ。それは多分、子供を傷つけるような言動は、同時に自分の中にある大事な部分をも傷つけることになってしまうからだろうか。

桜はポシェットからスナック菓子の小さな袋を取り出すと、ジュウに渡した。

缶ジュースのお返しのつもりかな、とジュウが思っていると、

「ジュウ、開けて」

やや尊大にそんなことを言う。いきなり名前を呼び捨てだったが、ジュウは袋を開けて桜に返してやった。桜はお菓子を二つ食べたところで、袋の口をジュウに向けた。

「あげる」

「ありがとよ」

ジュウは袋に手を突っ込み、スナック菓子を口に放り込んだ。いかにも子供が好みそうなチープな味がした。

「ジュウは、正義の味方なの？」

「は？　何で？」

「さっき助けてくれた」

「あんなの普通のことだ。誰でもやる」

桜は、しばらくジュウの顔を眺めていたが、やがて恥ずかしそうに視線を逸《そ》らした。

「……ジュウ、ケンスケくんよりカッコイイ」

「ケンスケくん？」

「わたしと同じ組の男の子。いっつも意地悪してくるんだけど、それはわたしのことが好きだからなんだって。お母さんが言ってた」

「なるほど」

「どうして、好きだと意地悪するの？」

「それは……好きな子と、たくさん話をしたいからだな。それで、たくさん自分のことを考えて欲しいんだろ」

「たくさん？」

「多分な」

曖昧《あいまい》なのは、ジュウにはそういう経験がないからだ。幼稚園に通っていた頃の記憶はもうかなり薄れているが、特に親しい友人も好きな子もいなかったような気がする。母である紅香《べにか》と離れるのが嫌で、平日の朝が憂鬱《ゆううつ》だったことはよく覚えていた。行きたくない、と彼女の服を掴んで泣いたことさえあった。もしも今、そのことをネタに紅香にからかわれたら、ジュウは何も反論できないだろう。

近くの電線にとまっていたカラスが急に大声で鳴き、桜は小さく飛び上がった。慌《あわ》ててジュウの服を掴み、桜は身を寄せる。

そして、自分を驚かせた憎《にく》らしいカラスを睨みつけた。

「……カラス、嫌い」

「嫌いか？」

「だって黒いもん。黒って暗いから嫌い。明るい方が好き」

ジュウも子供のときは、無意味に暗がりを怖がったものだった。子供の想像力が、何もないところに何かを見てしまうのだ。カラスが飛び去ると、桜はようやく安心したようだったが、ジュウからは離れなかった。

ジュウの服を掴んだまま、桜は言った。

「ジュウ、好きな人いる？」

「さあ、どうかな……」

今はまだ、あまり考えたくないことだ、それは。

曖昧な返事に桜は不満そうだったが、ジュウは強引に話題を変えた。

「どのへんで、親とはぐれたんだ?」

「テレビのあるところ」

桜は、電気屋の店頭に設置された大きな液晶テレビに目を奪われているうちに、両親を見失ってしまったらしい。

「よそ見が原因か」

「……だって『プリティペア』がやってたんだもん」

「ぷりてぃぺあ?」

これのことだよ、と桜はポシェットに印刷されたアニメの絵を見せた。それぞれ黒と白の衣装を身につけた二人の少女がポーズをつけており、子供向けのアニメなのだろう。好きなアニメが大画面に映っていたのなら、子供の注意が親から逸れてしまっても仕方がない。

「あのね、すっごく面白《おもしろ》いの。わたしはホワイトプリンセスが好きでね、お姫さまみたいで可愛くて、絵が上手で……」

よほど好きらしく、桜はそのアニメの影響で絵も描いているという。桜はポシェットから小さなスケッチブックを取り出し、ジュウに見せた。

ジュウはそれをパラパラめくってみたが、六歳にしては意外と上手《うま》かった。塀《へい》の上で昼寝する猫や、空に一つだけ浮かぶソフトクリーム型の雲、そして自分の通う幼稚園などがクレヨンで描かれていた。特に、満開に咲き乱れる大きな桜の木の絵などは、色使いもなかなか巧みだ。

「その桜の木はね、おじいちゃんのうちの庭にあるやつなの。おっきいの。春になると、たくさん花が咲いて、ぱーって花びらが散って、すっごくすっごくきれいなんだよ」

大きな桜の木なら、樹齢も相当なものだろうし、大切にされているはずだ。

この子の名前は、そこから由来《ゆらい》しているのかもしれない。

ジュウが無言でいると、桜はじっとその顔を見ていた。

まるで何かを待っているかのようだ。

それに気づき、ジュウは言う。

「上手いな」

「ホント？」

「ああ」

ジュウに絵の才能などわからないし、絵を鑑賞する趣味もないが、それは素直な感想だ。

桜は少し照《て》れ臭そうに笑う。

「あのね、クレヨンはね、こうやって持つといいんだよ。この指をね、こうやって……」

「へえ、なるほど」

などと感心してしまったのがいけなかったのか、桜はいきなり、

「ジュウの絵、描いてあげる」

と言い出した。

「いや、俺は別に……」

「描いてあげる！」

断っても聞きそうにない。

対応に困るジュウに救いの手を差し伸べたのは、彼の従者《じゅうしゃ》だった。半開きのシャッターを潜り抜けて、雨が姿を見せた。やや力のない足取りからして、どうやら交渉が上手くいかなかったらしい。

雨は無念そうに、深々とジュウに頭を下げた。

「申し訳ありません。五割引きまではいったのですが、それ以上はどうしても譲《ゆず》れないと、店側が頑固《がんこ》に抵抗しまして……」

「別に、そこまで粘《ねば》らなくてもいいんだけどな……」

「しかし、ご安心ください。穴場は他にもあります。次の場所に参りましょう」

俄然《がぜん》、やる気になっている雨に水を差すのは不憫《ふびん》なような気がしたので、ジュウは仕方なく移動することにした。

二人の会話の様子を、桜は不思議そうに見ていた。

「お姉ちゃん、誰？」

「わたしは堕花《おちばな》雨。ジュウ様の奴隷《どれい》です」

「どれい？」

「奴隷とは、すなわち主《あるじ》の所有物であり……」

雨が怪しい説明を始めたので、ジュウは慌てて中断させた。

桜とは、たまたまここで出会ったのだと雨に説明する。

「さて、俺たちは別の店に行くが、おまえはどうする？」

ジュウが立ち上がって見下ろすと、桜はスケッチブックをポシェットに仕舞《しま》い、二人から離れた。

飲み終えた缶をゴミ箱に捨て、少し大人びた口調で言う。

「わたしは、お父さんとお母さんを捜す」

「一緒に捜してやろうか？」

「いい」

桜が拒絶する理由は、プライドだろう。誰の助けも借りずに、一人で成し遂《と》げることを求めるプライド。子供だってプライドはある。その気持ちを、幸いというべきか、ジュウはまだ忘れていなかった。だから、あえて正論は口にしなかった。一人で捜しても、どうせ見つかりっこないぞ、とは言えない。

ジュウは雨に交番の位置を聞き、それを、なるべくわかりやすく桜に説明した。

「わかったか？」

「うん」

「困ったら、交番にいるおまわりさんのとこに行け。助けてくれる」

「正義の味方？」

「違うが、まあ近い」

桜は少し首を傾《かし》げていたが、ジュウが真面目な顔で言い聞かせると、やがて頷いた。

「絵は、また今度ね」

「いや、それは……」

「約束」

と左手の小指を突き出されたので、ジュウは仕方なくそれに自分の小指を絡めた。

それで満足したのか、桜は元気良く歩き出した。

また会える可能性などまずないだろうに、約束などをしてしまった。ジュウも、子供の頃はたくさんの約束をしていたことを思い出す。あの頃は、「約束」というものが何故か魅力的に思えたのだ。

理由は、年齢を重ねるとともに忘れてしまった。

それは必要のないことだからか、それとも成長の犠牲《ぎせい》なのか。

桜の後ろに少し離れて続き、ジュウと雨も電気街に向かった。

「ジュウ様は、凄《すご》いですね」

「何が？」

「子供は、こちらがどれだけ優しい言葉を尽《つ》くそうとも、本能で嫌悪感や警戒心《けいかいしん》を抱かれたら話など聞いてはくれません。大人は『考えて』から行動しますが、子供は『感じて』から行動するのです。あの子は、ジュウ様の話をちゃんと聞いていました、真剣に。それは、あの子の本能がジュウ様を受け入れたということです」

「要するに、俺はガキッぽいってことだよ」

「ご謙遜《けんそん》を」

雨が微笑み、それを避けるようにジュウは空を見上げた。

空は快晴だった。今のところは。


休日で歩行者天国になっている電気街は、昼時を迎えてさらに人込みが増えていた。親子連れやカップルも多く、小学生らしき集団もかなり見かけた。ジュウは、桜が交番の方に向かうのを見届けようかとも思ったが、さすがにそれは余計なお世話のような気がしてやめた。もし彼女がそれに気づけば、きっと傷つくことだろう。両親も彼女とはぐれたことに慌てているだろうし、既に警察に頼んでいれば、意外と早く会えるかもしれない。

ジュウは思考を切り替えて、雨の言う次の穴場とやらに向かうことにした。

「それにしても、おまえこの辺に詳しいんだな」

「はい。同人誌や中古のＤＶＤなどを買うときには、よく訪れますから」

「電気街なのに、同人誌なんて売ってるのか？」

「売ってますよ」

そう言われてみれば、その手の店がこの辺《あた》りにはいくつも建ち並んでおり、雨にとっては趣味を満喫《まんきつ》できる街のようであった。店の正面に設置されたスピーカーからは、アニメソングらしきものが大音量で流され、それに店頭に置かれたゲームの音が混じり、かなりの騒音になっていた。

歩行者天国になった道路を包む喧騒は、ジュウには不愉快《ふゆかい》なもの。騒がしいのはどうにも苦手だ。昔から、学校でもみんなが盛り上がっている中で一人だけ冷めていたものだった。こういう雰囲気に溶け込めない自分が、少しだけ嫌だと思う。

雨が次に訪れた場所も、さっきと似たような雰囲気だった。違いがあるとすれば、倉庫に通じるシャッターの近くに、その筋の人間らしき者が外を見張るように立っていることくらいだ。ジュウは難癖《なんくせ》をつけられるかと警戒したが、客と判断した者には接触しない決まりらしく、素直に通してくれた。今度の交渉は早目に片がついた。雨の口調はいつもどおり淡々《たんたん》としていたが、店側をじわじわと追い詰め、ついに希望金額に到達。代金を支払うと、商品ではなく領収書のようなものを渡された。それを持って、表通りにある店に行き、そこで商品と引き換えるのがルールであるらしい。

雨の健闘を称《たた》え、ジュウは表通りに移動。商品引き換え場所であるビルは、中古ゲーム屋や変なグッズを売っている店の並びにあった。一階は、本当に営業しているのかわからないほど寂《さび》れたタバコ屋で、その二階であるという。どことなく、パチンコの景品交換所を連想させるような雰囲気だった。ジュウは自分で行くつもりだったが、雨が代わりに行くと言うのでここも任せた。彼女は、ジュウの役に立つことに喜びを感じているらしい。

ジュウは外のガードレールに腰かけ、ぼんやりと歩行者天国になっている道路を見渡した。同年代のカップルも多く目につくが、第三者から見れば自分と雨もそう見えるのかもしれない。真実は違うのだが、では友達と恋人の差とは何だろう。肉体関係の有無《うむ》ではないはずだ。幼い子供同士のカップルだって存在するわけだし、そんな単純なものではない。重要なのは、相手を異性として意識しているかどうかだろうか。

柔沢ジュウは、堕花雨を女として見ているのか。どうだろう。よくわからない。その可能性を考えたこともない。この主従関係も、いつまで続くかわからない。

ジュウは時計を見る。雨が店に入ってから三分しか経《た》ってなかった。

そういえば、さっきのあの子は、ちゃんと親に会えただろうか。迷子になったときの心細さは誰にでも覚えがあるはずだ。ジュウにもある。昔、迷子になったとき、紅香を見つけた途端《とたん》に泣き出してしまった恥ずかしい記憶。

記憶が残る優先順位には、どこまで自分の意識が絡んでいるのだろう。

そんなことを考えながら時計を見る。まだ五分しか経っていなかった。

「時計を何度見ても、時間の流れは変わらないよ」

不意に、ジュウは横から声をかけられた。

見知らぬ少女が、すぐ隣でジュウと同じようにガードレールに腰かけていた。

ジュウが驚いたのは二点。この少女がいつ自分の近くに来たのかわからなかったこと。そして少女の格好《かっこう》があまりに奇抜《きばつ》だったこと。

「時間の概念があるのは人間だけだから、時間を操作できるのもまた人間だけなのかもしれないけどね」

そう言って、少女はニッコリ微笑んだ。

「こんにちは」

少女の挨拶に、ジュウがぎこちない笑みしか返せなかったのも無理はない。歳《とし》はジュウと近いであろうが、少女はまるで時代劇に出てくる侍《さむらい》のような和装であった。額《ひたい》には「巌流島《がんりゅうじま》」と書かれたハチマキを巻き、足には下駄《げた》。長い髪を結んだ白いリボンだけが少し異質だ。

ジュウの視線に気づいた少女は、笑顔で言う。

「バストは八十四だよ」

「は?」

「だってじっと見てるし」

「そういう意味で見てるわけじゃ……」

「ヒップは八十三。安産型だと自負してます」

「いや、だから……」

「あー、ウエストは勘弁《かんべん》ね。ちょっち自信ないかも」

肥満とは遙《はる》かに縁遠《えんどお》い体形に見えるのだが、少女は恥ずかしそうに笑った。

「今日は、この近くでミニ撮影会があってね。そこに参加してきたとこなの」

「撮影会?」

「そう、コスプレの撮影会。ちなみに今回のコスプレは『鬼道戦士ガーンナイト』の主人公ギィ・マスタークの相棒《あいぼう》、ライラ・ロビンソン。ライラはカリフォルニア生まれで、日本の古い文化に憧《あこが》れてる女の子なの。でも、微妙にズレてるんだよね。あたしが思うに、日本人の抱く侍のイメージは漢字の『侍』で、外国人の抱く侍のイメージはカタカナの『サムライ』って感じなんじゃないかな。そのへん、君はどう思う?」

　少女に侍の格好は良く似合っていたし、ジュウはそういうものに偏見《へんけん》はないつもりだったが、あまり関《かか》わり合いたくもなかった。

　しかし、ここから動くわけにもいかない。

「あたしの話、ちゃんと聞いてる?」

「聞いてない」

「アハハ、正直だね、君は」

　ジュウの素《そ》っ気《け》無い反応にも、少女に気分を害した様子はなかった。

「和服って、意外と風通しがいいんだよ。今日みたいな気候だと最適」

「……あのさ、何でここにいるんだ?」

　たまらずジュウがそう言うと、少女は目を見開き、次に愉快そうに頷いた。

「何でここにいるか、ね。それは哲学的な質問だ。考えたことなかったよ。答えるには、あたしの生《お》い立ちから話す必要があるかな。長くなるよ?」

　ジュウはそれを無視して、こちらの言いたいことだけを言う。

「俺、ここで人を待ってるんだけど……」

「実は、あたしもここで人と待ち合わせしてるの。だから、それまでご一緒させていただいてよろしい？」

改めてそう言われては、ジュウにも拒絶できなかった。

了承《りょうしょう》を得られたと理解した少女は、懐から携帯電話を取り出すと、誰かと会話を始めた。

「うん、もう撮影会は終わって、今は外にいるよ。だって中で待つより外の方が気持ちいいじゃん、今日は晴天だしさ。和服はいいよ、日本人の正装。……もう、そんなに怒らないでよ。えっとね、今いるとこは……」

どうやら待ち合わせの相手と連絡を取っているらしい。

近くを通りすぎる人間は必ず数秒間は目を止めるほど少女の容姿は目立っていたが、その隣に居るジュウの方を見ると、すぐに視線を逸らした。

いつもの癖で、ジュウが反射的に睨み返してしまうためだろう。

結果として、誰一人として話しかけては来なかった。

ひょっとして俺は、ナンパを避けるために利用されてるのか？

ジュウがそう思っているうちに電話は終わり、それからすぐに、通りの向こうから誰かが近づいてくるのが見えた。スポーツバッグを肩に担《かつ》いだ、ジュウに迫るほど長身の少女だった。大胆《だいたん》に短く刈《か》った髪に中性的な顔立ち。長く伸びた足に、ジーンズが良く映《は》えていた。歩き方は勇ましく、胸の膨《ふく》らみがなければ少年と見間違えてしまいそうだ。年齢は、ジュウと同じくらいだろう。

長身の少女は耳にイヤホンをしており、携帯用プレイヤーでCDを聞いているようだった。

ジュウの視線に気づき、少女の顔に嫌悪感が浮かぶ。少女はしばらくジュウを見返していたが、近くに来るとイヤホンを外し、その隣にいるコスプレ少女に視線を移した。

「誰、こいつ？　またナンパ？」

「違う違う。ほら、例の彼だよ。ここで偶然会っちゃったの」

「例の？」

「金髪で仏頂面《ぶっちょうづら》の柔沢ジュウくん。前に写真で見たじゃん」

「ああ、あれか……」

何だこいつら？

ジュウの心に不審《ふしん》が芽生《めば》え、本能が警報を発した。

ジュウは、名前など教えていないのだ。

「……おまえら、誰だ？　どうして俺の名前を知ってる？」

警戒心を込めながらそう言うと、コスプレ少女はそれを見て笑った。ジュウの反応を面白がるような笑い方だった。からかわれるのが好きではないジュウが少しムッとしていると、コスプレ少女は隣に立つ長身の少女を横目で見上げる。

「柔沢くん、写真で見たまんまの印象でしょ？」

「ちょうどいいわ。試しましょうか」

「あ、やっぱり」

「何ならこの場でぶっ壊してもいいしね。むしろ、その方があの子のためかも」

「じゃあ、あたしは二番手になるよ。それまで柔沢くんが立っていられたらだけど」

それがどういう意味か、写真とは何の写真かをジュウが問う間もなく、コスプレ少女が一歩下がると同時に、長身の少女が前進した。

近寄ってきた、と思ったときにはもう少女の右足がジュウの側頭部に迫っていた。かろうじて腕でそれを防げたのは、一応警戒していたからだ。それでも上体が傾きそうになり、腕が痺《しび》れた。今まで喰《く》らったことのある蹴《け》りの中でも、ベスト三には入る威力《いりょく》。

「おい、どういうつもりだ、いきなりこんな……！」

ジュウの抗議を無視して、少女は再び速攻。長い足が鞭《むち》のようにしなり、ジュウを目がけて襲《おそ》いかかる。夏休み中の入院で体は少し鈍《にぶ》っていたが、腕の痺れがいい刺激になり、ジュウは集中力を高めて何も考えずに動いた。下段、中段、上段と立て続けに来た蹴りを回避《かいひ》。スポーツバッグを肩に担いだまま、まったくバランスを崩さずに連続で蹴りを放つ少女の技量に、背筋が寒くなる。防御《ぼうぎょ》する以外の対処法が見つからない。

「運動神経は上等か」

確認するようにそうつぶやき、少女の右足が唸《うな》りをあげて跳《は》ね上がった。ジュウは咄嗟《とっさ》に両腕を交差してそれを受けたが、蹴りの衝撃で体が僅《わず》かに宙に浮いた。ジュウの天敵とも言える母、あの紅香に匹敵《ひってき》するほどの威力。こんな奴がいるのか。

「……まあ、軟弱ではないようね」

追撃を予想して身構えるジュウに対し、少女は何故か後ろに下がった。観戦していたコスプレ少女が、それと交代するように前に進む。

「今度はあたしの番だね。念のために持ってきて良かった。円《まどか》、あれ出してよ」

長身の少女はスポーツバッグを開け、何かを取り出した。放り投げられたそれを片手で受け取った途端、コスプレ少女の顔から笑みが抜け落ちた。一気に大人びたかのように顔立ちと雰囲気がキリッと引き締まり、その存在全てが冷徹《れいてつ》なものへと一変。

手に握られているのはナイフだった。刃渡り十センチほどの、何の装飾も施《ほどこ》されてない小さなナイフ。コスプレ少女は両手をだらりと垂《た》らし、ゾッとするほど冷たい目でジュウを見つめた。その異様な迫力に、ジュウは思わず後ずさる。

「お、おまえら、いったい……」

「しゃべるな」

無感情な声。流れるような踏み込みに続いて、ナイフを持つ少女の手がゆらりと伸びた。咄嗟に後退したジュウの前髪に刃先が僅かに触れ、髪が数本切れる。舞踊《ぶよう》を思わせる少女の緩《ゆる》やかな動き。しかし、その手に握られているのは本物の刃《やいば》。ジュウは必死にそれから逃れた。ほとんど直感だけで身をかわし、大きく後ろへ跳ぶ。鼻先に刃がかすりそうになり、顔から血の気が引いた。

少女の攻撃は、とても下駄を履《は》いてるとは思えないほど滑《なめ》らかで速い。アスファルトの上を移動しているのに、音さえしていないのだ。

そこらの素人《しろうと》が力任せにナイフを振り回すのとは、次元が違う。

「なるほど、悪くない。では本気でやろう」

少女は無表情で宣告。アスファルトを踏む下駄から足音がしないのは、本物の歩法《ほほう》を身につけている証拠だろうか。

こんな奴に、素手でどう対抗すればいい？

焦《あせ》りで塗り潰《つぶ》されそうになるジュウの意識の片隅《かたすみ》で、何かが閃《ひらめ》いた。

「そう怯えるな。一瞬で済む」

少女は前進。その細い腕が、ジュウの動体視力を超える速度で伸びた。

しかし、ジュウは動かなかった。怯えて動けないわけでも、混乱して動けないわけでも、自暴自棄《じぼうじき》になったわけでもなく、自分で動かないことを選んだ。

少女の刃は、ジュウの喉に突き刺さる寸前でピタリと止められた。

刃を止めた姿勢のまま、少女が問う。

「……何でわかった、あたしが止めると。殺気が足りなかったとか？」

「こんな白昼に、堂々と流血沙汰《ざた》を起こすようなバカには見えないと思っただけだ」

三人の周りを、今のを何かの販促《はんそく》用アトラクションと勘違《かんちが》いしたギャラリーが取り囲んでいた。当然ながらリハーサルなしの攻防は、さぞや見応《みごた》えがあったことだろう。中にはカメラを向けている者さえいた。これが喧嘩《けんか》と思われなかった理由はおそらく、少女たち二人の容姿が

並はずれていることにある。極《きわ》めて整った容姿、すなわちアイドルかモデルという見方。ナイフも、模造品だと思われたらしい。

ギャラリーを見回しながら、少女は言った。

「たしかに、ちょっと目立ちすぎたか……」

「おまえら何のつもりで、こんなくだらない遊びを俺に仕掛けた？」

「遊び？　どうしてそう思う？」

「わかるんだよ、そういうのは」

ジュウは、二人の動きから妙な余裕を感じ取っていた。まるっきり手抜きでもないだろうが、かなりの余力を残している。ケンカの場数を踏めば、そういう勘はそれなりに磨《みが》かれるものだ。

「……へえ、もっと鈍いかと思ったが、そうでもない」

ナイフを指先で回しながら、少女は感心しているようだった。隣に立つ長身の少女も、少なからず同感らしい。

集まったギャラリーがまだ何かやるのかと期待して残っているので、ジュウはそれを散らすように険悪な視線を振りまいた。その睨《にら》みに対抗しようとする者はなく、すぐに三人の周りは平穏《へいおん》を取り戻した。

「で、そろそろ、おまえらが何者か教えてもらおうか？」

「そう焦るな。久しぶりに楽しめそうだしな……」

答えをはぐらかすコスプレ少女。

長身の少女はその側《そば》にスッと近寄ると、コスプレ少女の手からナイフを抜き取った。

「あ、返してよーっ！」

途端、コスプレ少女に人間味が戻った。長身の少女がナイフを片手に高く持ち上げ、それを取り返そうとコスプレ少女はピョンピョン飛び跳ねたが、まるで届かなかった。よく見ると、下駄の底にはゴムが貼《は》ってある。それで足音がしなかったのか、とジュウは少し拍子《ひょうし》抜《ぬ》けした。

コスプレ少女は子供のように両腕をグルグル振り回し、全身で抗議する。

「返して返して！」

「ダメ、これは預かっておきます。そろそろ着替えなさいよ」

「えー、でもでも、まださ……」

「ダメ」

長身の少女は「反論は許さない」という姿勢。コスプレ少女は、ふにゃっと気の抜けたような表情で肩を落とした。

「うー、ライラもナイフ使いだからピッタシだったのに。この格好だと、武器がないとなんか締まらないよ。柔沢くんも、もっとあたしと遊びたいよね？」

「いいや」

「うわ、ちょっと冷たーい。冷たい男の子は嫌われるよ。女の子は、どうせ抱かれるならやっぱ温かい人を選ぶもんで……」

「おまえら何なんだ！　何で俺の名前を知ってる！」

一方的に話し続ける少女のペースを打破《だは》すべく、ジュウは強引に問い質《ただ》した。

途端に少女は口を閉じ、上目遣《うわめづか》いでジュウの顔を見る。

「……ひょっとして怒ってる？」

「怒ってるよ」

「じゃあ教えない」

ジュウは少し顔を引きつらせたが、ここは我慢《がまん》することにした。

「怒ってないから答えろ」

「……ホントに？」

「ああ」

「じゃあ、『もう怒ってないよ』って、優しく言ってみて。恋人に囁《ささや》くみたいに」

「………」

「う、うわ、その目は怖いんですけど、マジで……」

「答えろ」

「はいはい、じゃあ教えてあげるよ。あたしたちはね……」

と言いかけたところで、少女はジュウの背後に向かって「おーい！」と声を上げながら手を振った。ジュウもそちらに視線をやると、階段を降りて雨が近づいてくるのが見えた。雨の右手には、プラスチック製の取っ手が結び付けられたダンボール箱が一つ。

雨は、側にいる二人の少女の存在に驚いていたようだったが、まずはジュウに向かってペコリと頭を下げた。

「ジュウ様、お待たせしました」

「ご苦労さん」

ジュウから労《ねぎら》いの言葉をもらい、少し微笑む雨。

そしてようやく、雨は側にいる二人に視線を向けた。

「二人とも、どうしてここに？」

「ミニ撮影会に参加した帰りに偶然バッタリってやつ」

「わたしは、この子の付き添いで荷物持ち。待ってる間は暇《ひま》だから、外で買い物してたけどね」

「そういうことでしたか」

と雨はすぐに納得したが、ジュウはまだである。

「おまえ、こいつらと知り合いなのか？」

「はい。この二人はわたしの友人です」

「……友人？」

いたのかそんなの、という言葉はさすがに呑《の》み込んだが、かなり意外な事実だった。

まあ、交友関係が壊滅《かいめつ》状態であるジュウのような人間の方が珍《めずら》しいのだ。

雨に友人がいても、別におかしくはないだろう。

それに、そういうことなら、さっきまでの非常識な展開にもいくらか合点《がてん》がいく。

堕花雨の友人なら十分にあり得ると。

「ちょうどいいですから、二人に紹介しましょう」

雨はジュウの横に立つと、大切な宝物を自慢するような口調で言った。

「こちらがわたしの仕《つか》える主、柔沢ジュウ様です」

その紹介でいいのかよ、とジュウは目で訴えたが、雨は心配ありませんと頷いた。

「二人とも柔軟な思考の持ち主ですから。無粋《ぶすい》な詮索《せんさく》はしません」

それはそれでどうだろう、とも思うが、ジュウも改めて訂正する気は起きなかった。

まあいいか、と諦《あきら》める。

こいつの調子に慣れてきた自分が、ちょっと嫌だったが。

少女たち二人も、それぞれ自己紹介した。

おほん、と咳払《せきばら》いし、まずはコスプレ少女から。

「あたしの名前は斬島雪姫《きりしまゆきひめ》。わかりやすく言うと、まず苗字《みようじ》は、寄らば斬《き》るぞこの悪党どもの『斬』るに、ここは東洋の島国だ黄金がたっぷり眠ってるらしいですぜ船長の『島』。下の名前は札幌《さっぽろ》雪祭りみたいなの東京《とうきょう》でもやって欲しいけど降雪量が少なすぎて無理なのでガッカリの『雪』に、かわいそうなシンデレラ姫は王子様と結婚して玉の輿《こし》に乗ったけどそれってホントの幸せなのかなの『姫』だよ」

「余計わかりにくい」

「言いにくかったら、ゆっきーでもいいよ」

「それは嫌だ」

「じゃあ雪ちゃん」

「それも嫌だ」

「おお、柔沢くん反応が速い！　あたしと気が合いそうだよフュージョン！」

さあ両手の指を出してあたしに合わせて、と言ってくる雪姫をジュウは無視。

ぶーっと不満そうに頬を膨らませ、雪姫は隣の少女にも挨拶するよう促《うなが》した。

「……円堂円《えんどうまどか》」

長身の少女はジュウと目すら合わそうとはせず、ぶっきらぼうに名乗った。

雨に友人がいるのは意外だが、この二人ならそう違和感はない。二人とも、微妙に平凡からズレている。類は友を呼ぶわけか、などとジュウが納得していると、雪姫が顔を寄せて耳打ちしてきた。

「柔沢くん、さっきの件はシークレットでお願いね」

「あいつには言うなってか？」

それに合わせるように、ジュウも小声になる。

「別にいいが、何であんなことしたのか説明しろ」

「そりゃあ、噂《うわさ》のリアルご主人様、柔沢ジュウくんと偶然にも会えて浮かれちゃったんだよ。

前に一度だけ写真を見せてもらってから、やっぱ興味はあったしさ。で、普通の対面じゃつまんないから、ちょっとアクションを取り入れてみたわけ。どう、堪能《たんのう》した？」

「ふざけんな」

「まあまあ、ここは喧嘩両成敗《りょうせいばい》ってことで、あたしは君を許すから、君もあたしを許しなさい。これぞ大岡《おおおか》裁き！」

と言いながら、ジュウの背中をバシバシ叩《たた》く雪姫。

その様子を、雨は怪訝《けげん》そうな顔で見ていたが、ジュウは黙っていることにした。

「ねえねえ、雨と柔沢くんは、これからどうすんの？」

指示を求めるように雨が視線を向けてきたので、ジュウが答えた。

「昼飯を喰う」

「じゃあ、あたしと円もご一緒させて」

ジュウは断ろうかと思ったが、雪姫が、

「あ、それとも、デートのお邪魔になっちゃうかな？」

などと言い出したので、それを否定する意味も込めて四人で昼食をとることにした。

ただし、いくらなんでもその格好だけは何とかしろと付け加えるのは忘れなかった。

「アイアイサー。じゃあ、ちょっくら着替えてくるよ」

円から着替えの入ったスポーツバッグを受け取った雪姫は、しかしそこから動かず、バッグに手を突っ込んで何やらゴソゴソと探し始めた。

「何やってんだ?・」

まさかまた何か武器を出す気じゃねえよな、とジュウは少し警戒する。

「えーとね……あ、これこれ」

バッグから取り出した本を、雪姫は笑顔でジュウに差し出した。

「さっき買ったの。お近づきの印にどうぞ」

ジュウは反射的に受け取ってしまったが、表紙を見て硬直した。明らかに小学生に見える半裸《はんら》の少女が目に涙を浮かべているイラストの付いた、同人誌だった。

「こんなもんいるか!」

荒々しく突き返された同人誌を手に、雪姫は「おや?・」と首を傾げる。

「今の世はロリコンブームなんだけど、柔沢くんは巨乳好き?・」

「それ以前の問題だ! 何で俺が、女からエロ本をもらわなきゃならんのだ!」

「うわ、男女差別」

ジュウが真顔《まがお》で睨んできたので、雪姫は両手を上げて降参《こうさん》のポーズ。

「これ人気サークルの本なのになあ……」

「雪姫、ジュウ様をあまりからかわないでください」

さすがに見かねたのか、雨が横から助け船を出した。

「ジュウ様は高潔《こうけつ》な方です。そのようなものは不要」

「そう、不要だ」

本当は自宅に何冊もヌードグラビアの類いはあるのだが、それは男の秘密である。

ふーん、と雪姫は納得したように頷いた。

「つまり自然派?」

「意味がわからん」

前途多難な出会いだ。

ジュウは心の中で、そっとため息を吐《つ》いた。


雪姫が私服に着替え終わるのを待ってから、四人は近くのファミレスに入った。昼時ということもあり店内は混雑していたが、ほどなく窓側の四人席が空いたのでジュウたちはそこに座る。ジュウと雨が並んで腰を下ろし、その正面に雪姫と円。よく効《き》いた空調が体の熱気を冷まし、ジュウは少し気分が落ち着いた。それぞれが注文を済ませると、雪姫はウエイトレスの置いていった氷水を飲んでから、さっそく口を開いた。

「本当に、今日は柔沢くんに会えて良かった。ある日、急に雨が『自分の仕えるべき人を見つけた』とか言い出したときは、ビックリしたもんだよ。でも、止めようとかは思わなかったけどね。雨ってメチャクチャ頑固で、思い込んだら一直線だし、その判断が間違ってたことも今までなかったから。取り敢えず、あたしと円は静観することにしたんだよ。それで、ここしばらくは疎遠になっちゃってさ。本当は夏休みもいろいろ遊ぶ予定とかあったのに、君のせいでぜーんぶパー」

「……そいつは悪かったな」

「そう、君は悪党だよ。あたしたちから雨を奪ったんだから」

憎らしいね、と何故か笑いながら言う雪姫。円は相変わらずジュウとは視線を合わそうとはせず、雨はジュウの隣で静かにしていた。

雨たち三人は中学校の頃からの付き合いで、高校は別れてしまったが、今でもたまに会っているらしい。仲良くなったきっかけは、三人ともアニメやマンガが大好きという点。

ジュウが想像するに、おそらく雪姫や円の部屋も雨の部屋と似たり寄ったりなのだろう。

何かに熱中できる彼女たちは、ジュウとしては羨《うらや》ましくもある。

テーブルに頬杖《ほおづえ》をつき、悪戯《いたずら》っぽい笑みを浮かべながら雪姫は言った。

「せっかくだし、柔沢くんにいくつか質問してもいい？」

「別にいいけど」

「処女は好きですか？」

「は？」

「ほら、一応基本だから」

「……どんな基本だ」

「好きなの？　嫌いなの？」

「それを聞いてどうするつもりだよ?」

「どうしたい?」

メチャクチャな女だった。真面目に話す気が失せる。

ジュウが不機嫌そうに沈黙するのにもめげず、雪姫は新たな質問を繰り出した。

「じゃあ、質問を変えよう。柔沢くんは今までの人生で、死にたいと思った回数と、誰かを殺したいと思った回数、どっちが多かった?」

「……質問の意図《いと》がわからん」

「あたしはね、君の人間性が知りたいんだよ。雨に相応《ふさわ》しい人間なのか、それともクズなのか、それを見極《みきわ》めたいの」

「クズだったらどうする?」

「どうなると思う?」

雪姫は悪戯っぽい笑みを崩さない。

こいつはかなりの曲者《くせもの》だ、とジュウは判断した。いろいろと刺激的な言葉を発しながら、冷静にこちらの反応を観察している。しかも、それを楽しんでいる。

「そんなに怖がらなくてもいいよ。今はまだ、何もする気はないからさ。まあ、それもどれだけ続くかは……」

「雪姫」

「何?」

うっとうしい前髪の隙間《すきま》から、雨の鋭い視線が雪姫に向けられていた。それを笑顔で受け止める雪姫。

「あなたがジュウ様の敵に回るようでしたら、わたしもあなたの敵になります」

宣戦布告にも等しいそれにも、雪姫は笑みを崩さない。

「ああ、それはそれで面白いね。新たな選択肢《し》だよ。未来が広がった」

雪姫の声にも態度にも、緊張感は微塵《みじん》も感じられなかった。それにも関わらず、ジュウは息苦しさを覚えた。いきなり敵のテリトリーに踏み込んでしまったような、そんな感覚。

本音《ほんね》ではこの場を離れたかったが、ジュウは逆にどっしりと構えることにした。

舐《な》められてたまるか。

腕を組んで深呼吸。穏《おだ》やかな血流を意識し、視線は雪姫に固定。

「へえ……、あたしを睨むんだ」

笑みを崩さず、雪姫がさらに何か言おうとしたとき、その頭を横から伸びた手がポカリと殴った。視線は窓の外に向けたままの、円だった。

「い、痛いよ、円！」

「悪ふざけはそこまでにしなさい。いくら彼の反応が面白くても、あんまりからからうもんじゃないわ」

「だって……」

「好きな子ほど挑発《ちょうはつ》してしまうその癖、そろそろ何とかした方がいいと思う」

円は、面倒《めんどう》くさそうにジュウの方へと顔を向けた。

「悪かったわね。雪姫は、昔からこういう子なのよ。よく人を試したがるの」

「試す？」

「人の好き嫌いが激しくてね。だから少しでも気に入りそうな人がいると、いろいろ試そうとする。わざと悪役を演じてでもね。これで、かなり不器用なの。加減を知らないから、たまにはこうして釘《くぎ》を刺しとかないとね」

だからって叩かないでよ、と頭を摩《さす》りながら抗議する雪姫。

かなり痛かったらしく、少し涙目になっていた。

「念のために言っておくと、わたしはあなたが好きじゃない。でも、それはあなた自身に原因があるわけじゃないわ。わたしは男とブロッコリーが大嫌いなの。そういうことだから、気にしないでね」

それだけ言うと、円は再び窓の外に視線を戻した。

それを恨《うら》めしそうに横目で見てから、雪姫は気を取り直して言う。

「ケンカするほど仲がいいって、昔から言うよね？」

「だから？」

「だから、あたしと柔沢くんはこれで仲良し」

「おまえ……」

「ねっ？」

無邪気な笑顔で同意を求めてくる雪姫に、ジュウは負けた。というよりも、この手の人間に勝てる方法をジュウは知らない。それは、雪姫の持つ雰囲気が、どことなくあの紗月美夜《さつきみや》に似ていることも理由なのかもしれなかった。

ジュウの隣で雨も呆《あき》れてはいるようだったが、何も言わなかった。雪姫がこういう子だとわかっていながらも、ジュウが絡んだことなのでさっきは思わず口を挟《はさ》んでしまった、ということなのだろうか。

それさえも雪姫の計算の内であるならたいしたものだ、とジュウは思う。

「つーことで、柔沢くん、処女は好きですか?」

「……またその質問に戻るのか」

「だって答えを聞いてないし。ちなみにね、フフ、この三人の中に処女は三人います。さて誰でしょう?」

「それ問題になってねえよ」

ウエイトレスが注文の品をテーブルに並べたので、四人は食事を始めた。

円は光と同じ空手道場に通っていること。中学の頃までは髪が長かったが、男に言い寄られるのが嫌で高校に入学すると同時にバッサリ切ったこと。雪姫は中学でも高校でもアニメ研究会を設立しようとして失敗したこと。他にもいろいろな話を聞いたが、話しているのは主に雪姫だった。

ジュウは思う。買い物帰りに同年代の少女たちと食事をする自分。ちょっと前までは想像もできなかった今の状況は、はたして幸せなのか。変化と停滞。自分が望むのは停滞の方だったはずだが、ジュウは少し自信が持てなくなってきたような気がした。

食事の最後に、円は義理で仕方なくという感じでジュウと視線を合わせた。

「わたしは、あなたと出会いたくもなかったけど、こうして出会ってしまったのには何か意味があるんでしょうね。あなたが雨と出会ったのも、雪姫と出会ったのも、何か意味があるはずよ」

「ないね」

「つまんない男。あると思いなさいよ。そうでないと、悲しいじゃない」

ジュウは運命を信じないし、宿命もまた同様。だがしかし、雨と出会ってからの一連の出来事には、何らかの意味があるように思えるときもあった。

意味なんてない。

それなら意味を見つければいい。

心の中で、誰かがそう言った。

それはきっと、普段は眠っている前向きな自分だろう。

第2章　失われたもの

授業終了のチャイムが鳴り、今学期から新しく学級委員に選ばれた鴻上《こうがみ》という男子生徒が起立の号令をかけた。ジュウは眠い目を擦《こす》りながらそれに従い、六時限目担当の古典の教師が教室を出ていくのを見送った。

学期が変わって席替えも行われたが、ジュウの席の位置はそのままだった。窓側の一番後ろだ。このところめっきり大人しくなったとはいえ、ジュウに対する周囲の反応がそう変わるわけもなく、夏休み前の件で貴重な話し相手も失った今、学校ではろくに声も出さない日々が続いていた。まあ、それはいいのだ。苦痛ではない。

担任の中溝《なかみぞ》の話を聞き流し、ホームルームが終わると、ジュウは鞄《かばん》を持って教室を出た。以前と違って、鞄は薄くない。教科書やノートを詰め込むようになったのは、前の学級委員であった藤嶋香奈子《ふじしまかなこ》に対するせめてもの礼儀、のようなものだろうか。彼女にはよく注意された。今頃になってそれに従うジュウの姿を見たら、また怒られるかもしれないが。

ジュウはいつものように下駄箱《げたばこ》のところで雨《あめ》と合流し、いつものように下校した。

昨日はビデオデッキを運んだりもしたのだが、雨に疲れた様子はなかった。

小柄で色白、さらに手足も細いのに、実はパワフルなのだ、この少女は。

真夏は過ぎても暑い日は続き、下校時間になってもそれは弱まってはくれない。

もはや毎年恒例《こうれい》となった異常気象。

やや傾いた強い日差しを浴びながら、ジュウは雨と並んで歩いた。

「何かに救いを求めるのは、おかしいことではありません。何処《どこ》にも救いを求めず、自分自身でも解決できず、結果として自滅してしまうよりは遙《はる》かにマシです。心の安寧《あんねい》とは人それぞれであり、こうでなければならない、ということはない。ですから、不特定多数の人々に救いを、苦悩を忘れさせてくれる理屈《りくつ》を提供する宗教というものに、わたしは存在価値があると思います。非常によくできたシステムですよ」

それが、宗教に対する雨の見解だった。昨日の夜にテレビでやっていた『実録！ 宗教戦争二十四時』という番組の話をジュウは何となく口にしてみただけなのだが、雨は真面目《まじめ》に自分の考えを答えたのだ。

彼女のこういうところに、ジュウは好感を持っていた。

「じゃあ、おまえは神様とか信じてないのか？」

「信じてます」

怪訝《けげん》な顔をするジュウに、雨は言葉を続けた。

「神様を信じるのは人間だけですから。わたしたちが信じてあげなければ、神様がかわいそうですよ」

「……なるほど」

雨らしい屁理屈、というべきか。

こうして雨のおかしな話を聞くのが、最近は少しだけ楽しくなっていた。

なんというか、頭の中でぼやけていたものに、彼女の話は形を与えてくれる。

強制的にではなく、こんなのはどうですか、と控《ひか》え目にだ。

それは、少しだけ心地良いと思えること。

まあ、こういう話でもしていないと、また前世云々《うんぬん》の話が出かねないし、これはある種の誤《ご》魔《ま》化《か》しかもしれないのだが。

電気屋の店先に置かれた大きなテレビで、先日起きた事件が報道されていた。高校を退学処分になった男子生徒数人がそれに反発し、銃を持って学校を占拠《せんきょ》。生徒六人、警察官二人が死傷するという惨事《さんじ》だった。犯人である男子生徒たちは、自分たちが完全に包囲されたと知るとあっさり投降《とうこう》し、まるで罪悪感のない様子でテレビカメラに向かって勝利宣言をする始末。少年保護を生き甲斐《がい》とする弁護士たちが集結し、彼らを守るために全力を尽《つ》くす、などとテレビで語っているのを、ジュウも観《み》ていた。

拳銃は、ネットの通販で海外から手に入れたらしい。分解され、いくつかの箱に分けて送られてきたパーツを、同封の説明書を見ながら組み立てる。値段は一万円もしないというのだから、子供でも簡単に買えてしまう。

ランドセルを背負った小学生の集団が、二人の横を走り抜けていった。携帯ゲームを片手にマンガの話をするその姿は、ジュウが子供の頃とそんなに変わってないように見える。だが、実際はどうなのだろう。日々悪化しているように思える現代社会は、人間の目に見えない部分を変えてしまっているのではないだろうか。

「おまえ、今の世の中が好きか?」

「好きです」

「これだけ犯罪が増えてるのに?」

少年犯罪だけではなく、異常者による残虐《ざんぎゃく》な事件も増加の一途《いっと》を辿《たど》っていた。夏休み前にその一つに関《かか》わってしまったジュウとしては、世の中の歪《ゆが》み具合が気になって仕方がない。最近では、失踪《しっそう》事件も多発しているという話だ。いつどこで凶悪な犯罪に巻き込まれるとも限らないこんな世の中を、雨は好きだと言うのか。

「善悪と好き嫌いは関係ありません。仮に、犯罪が一つも起きない社会でも、それを嫌う者は必ずいるでしょう」

「どのへんが好きなんだ、今の世の中の?」

「いろいろありますが、一番大きな理由は、ジュウ様がいることです」

あまりに自然に言われたので、ジュウは言葉を失ってしまった。

何をどうしたらそんな考えになるのだろう、と思う。

取り敢《あ》えず、ジュウは誤魔化すように言った。

「俺は、あんまり今の世の中は好きじゃない」

「お嫌いですか？」

「ガキの頃の方が好きだったよ。昔は、もう少しましな世の中だったようにも思うしな」

「古き善き時代とは、常《つね》に思い出の中にしかありません。だから美しいのです」

そうかもしれない、とジュウは心の中でつぶやいた。

こいつとこうしていることも、いつかは善い思い出になるのだろうか。

そのとき、その思い出を自分が語り聞かせる相手は誰だろう。

「そういえば、昨日の雪姫《ゆきひめ》って子、なんか変じゃなかったか？」

「変とは？」

「ナイフを持ったときの変わりようが激しかった」

「……あれを見たのですか？　ジュウ様、どこもお怪我《けが》はありませんでしたか？」

「幸いにも無傷だ」

「申し訳ありません。今度、わたしからきつく言い聞かせておきます。もしジュウ様に危害を加えたら、命はないと」

「いや、そういう意味で言ったんじゃないんだけどな……」

雨が真面目にすまなそうにしているので、ジュウは困ったように頭を掻《か》いた。

「彼女、昔からああなのか？」

「昔からああです」

「二重人格ってやつ？」

「あれは、むしろ猫にマタタビでしょうね。雪姫は刃物愛好家なのです」

　雨が言うには、雪姫は刃物が無性《むしょう》に好きらしい。大きな物は斧《おの》や日本刀から、小さな物ではハサミや剃刀《かみそり》も好き。中学時代には彼女のそうした嗜好《しこう》が原因で一騒動あったそうだが、雨も詳《くわ》しくは語らなかった。ジュウも、詳しく知りたくなかった。悪い子だとは思わないが、あまり関わらない方が無難であろう。トラブルの要因は少ないに限る。今でさえ、こうして隣に変わり者を従えているのだから。まあ、雪姫と会う機会などまずないだろうが。

　いつものように自転車で巡回していた警察官が、二人の方をじろじろと見ながら通り過ぎて行った。気楽な高校生カップル、とでも見えたのかもしれない。

　ジュウは考えた。普通、カップルだったらこの季節に何をするのだろう。

　自分たちはそういう関係ではないが、そう仮定するとどうなるのか。

　まだ暑い日は続くようだし、となると海だろうか。

「おまえ、海に行ったことあるか?」

「あります。まだ幼《おさな》い頃ですが、家族で見物に行きました」

「見物って……。普通、泳ぎに行くんじゃないか」

「それはプールでもできますし、季節は冬でしたから。海は、ただ眺《なが》めているだけでも良いものです」

　ジュウは、水着を着た雨が砂浜にいる光景を想像しようとしたが、うまくいかなかった。

　なんとなく、日傘《ひがさ》でも差してぼんやりと佇《たたず》んでいそうなイメージがある。

「夏の海は行ったことないのか？」

「ありません」

「俺もガキのとき以来行ってないが、夏の海はいいぞ。青い海、白い砂浜、間近で見たらきっと驚く」

「そうでしょうか？　白い海と青い砂浜なら、確かに驚くとは思いますが」

「いや、そういうことじゃなくてな……」

ひょっとすると、自分も雨も、普通の行楽地はあまり似合わないのかもしれない。

青春の楽しみ方をあまり知らない若者、というやつだろうか。

だがそれは、必ずしも不幸ではないような気もした。

少なくとも今、自分は不幸ではないのだから。


マンションの前で雨と別れたジュウは、エレベーターを待つ間、近くにいた主婦たちの会話に耳を傾けた。「えぐり魔」やら「殺人鬼」やらの単語が聞こえるところからして、その手の話題で盛り上がっているようだ。警察の無能さを嘆《なげ》き、こんな世の中を無事に生き抜くには宗教にでも入るしかない、などと主婦の一人が言い出し、何やらチラシを見せていた。基本的に、マンション内での勧誘は一切《いっさい》禁止されているが、新興宗教の勧誘は恐ろしくしつこい。この主婦は、それに引っ掛かってしまった一人なのかもしれない。雨が言ったように、何に頼るかは本人の自由であるし、勝手にすればいいのだ。

そう思いながら、ジュウはエレベーターに乗り、九階に上がった。

鍵《かぎ》をあけて扉を開くと、バカみたいに陽気な声がジュウを出迎えた。

「おっかえりなさーい！」

エプロン姿の紅香《べにか》が、息子にとびきりの笑顔を振り撒《ま》く。

「遅かったじゃないの、ジュウ。お母さん、ちょっと心配しちゃったぞー」

「……てめえ、ついに本気でいかれたか」

「優しいお母さんごっこだよ」

その場でクルクル回転し、しかし、ジュウの反応がいまいちだったからか、紅香はすぐにいつものガキ大将みたいな笑みを浮かべた。

「なんだ、つまんねえ奴《やつ》。喜ぶかと思ったのに」

さっさとエプロンを脱いで丸めると、紅香はポケットからタバコを出して銜《くわ》えた。

それに火をつけようとするところで思い留まり、ジュウに言う。

「そうだ。ちょうど良かった。腹が減ったから、おまえ、何か作れ」

「くだらねえ芝居《しばい》する余裕あるなら自分で作れ！」

「早くしろよ」

ジュウの反論など聞く耳を持たず、紅香はさっさと風呂場に消えてしまった。ジュウに夕飯

の支度《したく》をさせている間に、自分は入浴を済ませようということらしい。

その背を見送りながら、ジュウはどうせ何を言っても無駄だと諦《あきら》めた。夏休みに病院で会って以来、紅香と会うのは久々だったが、滅多に家にいない母の在宅を喜ぶべきか悲しむべきか、微妙なところである。

命令に従うのは癪《しゃく》だったが、自分も腹は減っているわけだし、今日は妥協《だきょう》しよう。

ジュウは顔を洗ってから着替えると、台所に行って夕飯の支度を始めた。昨日の残りであるカレーの入った鍋《なべ》を火にかけ、炊飯器のスイッチを入れると、冷蔵庫からレタスとトマトを出して簡単なサラダを作る。鍋が温まる間、テレビをつけてチャンネルを回してみたが、たいして面白《おもしろ》そうな番組はやってなかった。クイズ番組よりはましだと思い、『アメリカ発！　衝撃事件超特集』という番組にチャンネルを合わせる。

ご飯が炊き上がり、それを皿に盛りつけているところで、タイミングを見計らったかのように紅香が現れた。湯気の立ち昇る体をバスタオル一枚で覆《おお》っただけという姿。濡《ぬ》れた髪をドライヤーで乾かすこともせず、自然乾燥に任せている。昔からこうだ。未《いま》だ水滴の残る肌《はだ》は気味が悪いほど滑《なめ》らかで、化粧を落とした風呂上りの顔は、普段よりさらに若く見えた。大半の男から魅惑的に思われるであろう彼女だが、ジュウからすればただの自分勝手な女。バスタオル一枚で動き回るのも、ただの悪癖《あくへき》としか思えない。

紅香は冷蔵庫から缶ビールを一缶取り出して一口飲み、ダイニングテーブルに並べられたカレーとサラダを見ると、ふん、と鼻を鳴らした。

「文句あるなら食うなよ」

とジュウが先回りして言うと、紅香は無言で手の平を差し出した。スプーンを寄越《よこ》せ、という意味らしい。ジュウがスプーンを渡すと、紅香は何も言わずに食べ始めた。ジュウも自分の席につき、食事を始める。テレビでは、アメリカで最近流行しているという新種の麻薬について専門家が熱く語っていた。

「おまえ、まだあの子と続いてるのか？」

スプーンを動かす手を止め、ジュウはテレビから紅香へと視線を移した。

「あの子？」

「堕花雨《おちばなあめ》だ」

「……悪いかよ」

「悪くはないが、そうか、まだ続いてるのか」

「念のために言っとくけど、俺とあいつはあんたの考えてるような仲じゃないぞ」

「セックス無しか？」

「………」

絶句するジュウを無視して、紅香はスプーンを口に銜えたまま手を伸ばし、テレビのリモコンを摑《つか》んでニュースに切り替えた。

画面を横目に見ながら、

「若いのに、淡白《たんぱく》な奴だな」

と馬鹿《ばか》にするように紅香は言う。

反論する気も起きず、ジュウは黙ってスプーンを動かした。皿のカレーが半分ほどなくなったところで、ジュウは氷水を入れるために席を立った。コップに氷水を入れて戻り、テーブルの上に置くと、紅香は当然のようにそれを飲んだ。

「おい！　それ俺の……」

「うるさい」

テレビ画面に向いていた紅香の顔が、いつになく不愉快《ふゆかい》そうになっているのに気づき、ジュウも画面を見た。ニュースキャスターが読み上げているのは、子供を誘拐《ゆうかい》し、その眼球を奪ってから解放するという、数年前から何度も続いている事件。命は奪わず、しかし体の重要器官を奪うという残忍な手口にマスコミが飛びつき、雑誌でも何度か特集が組まれている事件だ。誰が考えたか、未だ捕まってない犯人には「えぐり魔」というニックネームが与えられていた。どうやら、そのえぐり魔による新たな犠牲者《ぎせいしゃ》が出たということらしい。ジュウには、あまり興味のないニュースだった。

紅香の手からコップを奪い返し、ジュウは残りの氷水を飲み干す。紅香はまだニュースを見ていた。彼女はトラブル大好き人間で、爆発やら銃撃やらの映像は楽しんで見るのだが、子供が犠牲になったものだけは例外的に嫌うのだ。

氷水を入れ直そうと、ジュウは再び席を立つ。

そのとき、画面に映る文字が目に入った。

どこかで聞いた名前。

ジュウは慌《あわ》ててリモコンを手に取り、テレビの音量を上げた。

ニュースキャスターは、感情を込めずに淡々《たんたん》と事実を繰り返し伝えていた。

えぐり魔の新たな犠牲者。

鏡味桜《かがみさくら》、六歳。


翌日の昼休み、ジュウは雨のいる特進クラスを訪れた。柔沢《じゅうざわ》ジュウの悪名を校内で知らぬ者はいない。教室に残っていた生徒ほぼ全員から嫌悪の眼差《まなざ》しを向けられたが、ジュウは気にせず、教卓の真正面の席で今まさに弁当箱を開けようとしていた雨に声をかけた。

「おい、ちょっと時間あるか？」

「ジュウ様……」

「話がある。飯を食いながらでいいから、付き合ってくれ」

昼休みはいつも一人で食事を済ませ、残りの時間は寝ているジュウ。そんな彼の珍《めずら》しい誘いに雨は少し驚いていたが、断るわけもなく、弁当箱をハンカチで包み直すと、ジュウの後に続いて教室を出て行った。

どこか落ち着ける場所はないかと思い、二人は屋上へと足を向ける。普段なら賑《にぎ》わっているところだが、今日は湿気が多く空気が生温《なまぬる》い上に一面の曇《くも》り空ということもあって、屋上で昼食をとる者はまばらにしかいなかった。二人は金網《かなあみ》を背にして腰を下ろす。

「その弁当、おまえが作ったのか？」

「これは、光《ひかる》ちゃんが作りました」

どうやら毎日、光は自分と姉の分の弁当を作っているらしい。しかも夕飯の残りなどではなく、ちゃんと早起きし、料理しているという。まめな妹である。

「今日は、鶏肉《とりにく》の唐揚《からあ》げとカボチャの煮物がメインです。鶏肉も良いですが、特にカボチャが良いです。カボチャは、昔からビタミンAの補給源として用いられてきたもので、血管壁、皮《ひ》膚《ふ》、粘膜《ねんまく》を強化し、動脈硬化や眼精《がんせい》疲労、風邪《かぜ》や肺炎などの感染症の予防と改善にも効果的です」

召し上がりますか、と雨に言われたが、ジュウは丁重《ていちょう》に断った。

今はそれどころではない。

ジュウは登校途中に買ってきたスポーツ新聞を開き、えぐり魔の記事を雨に見せた。

「これ、読んだか？」

「いいえ」

「読んでみろ」

雨に新聞を渡し、ジュウは購買部で買ってきた菓子パンの袋を開けて齧《かじ》りついた。いつもなら弁当だが、今日は作る気になれなかったのだ。どんよりと曇った空を見上げながらジュウは記事の内容を思い出し、その光景を想像する。

　事件があったのは一昨日《おととい》。場所は秋葉原《あきはばら》の電気街。家族三人で買い物を楽しんでいたところ、一人娘の桜がいなくなっていることに両親は気づいた。慌てて混雑する街を捜し回ったが桜は見つからず、両親は交番に駆け込んで相談。警官を加えて夕方まで捜索は続けられたがやはり見つからず、両親は正式な捜索願を提出した。幼い子供が消えた場合、考えられる可能性はいくつもある。何かの事故に巻き込まれた場合や、歩き疲れて何処かで眠ってしまっている場合もあり、もちろん誘拐の場合もある。警察はすぐに動いてくれたが、その晩、桜は帰ってこなかった。

　途方にくれる両親のもとに警察から連絡が入ったのは翌日。桜は、小さな公園の電話ボックスの中で発見された。徹夜で飲んでいた学生たちが、たまたま公衆トイレを利用するために立ち寄った際に、偶然見つけたのだ。桜は気を失っていた。顔に白い包帯を巻き、両目にあたる部分が血で滲《にじ》んでいるのを見て一気に酔いが覚めた学生たちは、すぐに警察に通報。命に別状はないが、桜の両目は奪われていた。その手口から、警察は「えぐり魔」の犯行と断定。鏡味桜は、三十四人目の犠牲者と認められた。

　鏡味桜。年齢は六歳。

　それは一昨日の昼頃、ジュウが出会ったあの子だとしか思えなかった。

　嫌な気分を缶ジュースで何とか呑《の》み込む。

　記事を読み終えて顔を上げた雨に、ジュウは尋ねた。

「どう思う？」

バカな質問だったが、そうとしか訊《き》けなかった。

「おそらく、あのときの彼女に間違いないでしょう」

「だとしたら、俺たちと別れた後で……」

「ジュウ様の責任ではありません」

「いや、俺が一緒にいてやれば良かったんだ。せめて交番までは一緒に行ってやるべきだったんだ。そうすれば、こんな……」

「これはジュウ様の責任ではありません」

雨は冷静に繰り返した。

「ご自分を責めるのはおやめください」

「でも俺は、考えなかった。あれだけ混雑した街中に幼い子供を一人で放置すればどうなるか、ちょっと考えればわかる。それなのに、何も考えなかった。あの子を放っておいて、そのうち忘れて、自分の用事を優先した。俺がもっと……」

「ジュウ様の責任ではありません」

「じゃあ誰の責任だってんだ！」

ジュウが拳《こぶし》で金網を殴ると、雨は沈黙した。

しばしの空白の後、言葉を選びながら雨は言う。

「ジュウ様。この件は、あまり深く考えてはいけません。不愉快になるだけです」

駄々《だだ》をこねる子供に優しく言い聞かせるような、そんな口調だった。

ジュウは、それが気に入らない。

「考えるだけ無駄だってのか？」

「いいえ、そうではなく……」

「もういい。付き合わせて悪かったな」

「ジュウ様」

雨の言葉を無視して立ち上がり、ジュウは屋上を後にした。階段を降り、空《から》になったジュースの缶を握り潰《つぶ》しながら、昨日、紅香に言われたことを思い出す。

テレビのニュースを見たジュウは呆然《ぼうぜん》となり、思わず近くにいた紅香に事の次第《しだい》を全《すべ》て話してしまった。事件前、迷子になった桜と出会い、別れていたことを。

予想もしなかった事態に気が動転し、とても黙っていられなかったのだ。

話し終えても落ち着かず、部屋の中をグルグル歩き回るジュウを見た紅香は、

「おーい、ジュウ。こっち来い」

と手招きした。

訝《いぶか》しみながらも側《そば》に来たジュウに、紅香はタバコを銜《くわ》えながら言う。

「おまえ、傷痕《きずあと》どうなってる？」

「えっ？」

「夏休み前、名前忘れたが、女の子にブッスリ刺された傷痕だよ」

「何でそんなもん……」

「いいから見せてみろ」

まだ頭が混乱していたジュウは深く考えもせずに服をめくり、下っ腹にある傷痕を見せた。

ピンク色の筋《すじ》が大きく残るその部分は、一生消えない傷痕だ。

タバコに火をつけ、紅香は傷痕の位置を確認。

「そこか」

いきなり貫手《ぬきて》を叩《たた》き込んだ。

「がっ……！」

傷痕に突き刺さる紅香の指先。呼吸を阻害《そがい》するほどの痛みに、ジュウはその場で膝《ひざ》をつく。

傷口は完全に塞《ふさ》がっていたが、入院にまで及んだ傷だ。日常生活や運動に障害がない程度にまで回復してはいても、こんなことをされて平気なわけがない。

「……何しやがる！」

睨《にら》み上げてくる息子の視線を、母は涼しげに受け止めた。

椅子《いす》から立ち上がり、タバコを美味《うま》そうに吸う。

「バカだな、おまえは。本当にバカだな。笑えるね」

「てめえ……！」

「おまえさ、まさかとは思うが、自分で何とかしようとか、そんなこと思ってないか？」

「俺は……」

「自分にも何かできるんじゃないかとか、そんなこと思ってないか？」

「だったらどうだってんだよ！」

下っ腹を押さえながら立ち上がるジュウの顔に、紅香は紫煙《しえん》を吹きつけた。

うっとジュウが怯《ひる》んだ瞬間、ドンッときた。紅香の前蹴《まえげ》り。つま先が鳩尾《みぞおち》に沈み、衝撃で体が二十センチほど宙に浮き、またしても呼吸が止まる。円堂円《えんどうまどか》の蹴りを喰《く》らったとき、紅香に匹敵《ひってき》すると思ったのは誤《あやま》りだ。やはりこっちの方が凄《すご》い。重さも鋭さも段違いの威力《いりょく》。

床に手をつき、前のめりに倒れるのは何とか防いだが、呼吸はなかなか再開しなかった。

空気を求めて喘《あえ》ぐジュウを見ながら、紅香は静かに言う。

「忘れたのか？　夏休み前におまえがどんなバカをやって、どんな結末になったのか」

忘れたくても忘れられるわけがない。

傷痕を見るたびに思い出す、あの事件。あの悲しみ。あの悔《くや》しさ。

「おまえに何かできたか？」

ジュウは何もできなかった。

「そういうのを教訓ていうんだぞ。おまえ、失敗から何も学べないのか？」

「……どうしようと……俺の…勝手だ……」

ようやく呼吸を再開したジュウは、切れ切れながらもそう反論した。

こいつには負けたくない。

「バカだな」

物分かりの悪い息子に、母は言い諭《さと》す。

「おまえみたいなのはな、どうせ何やっても失敗して後悔して失敗して後悔しての繰り返しになるんだ。それで人生を挫折《ざせつ》したりしちまうんだ。だからな、ジュウ。おまえは普通にやってろ。余計なことしないで、おとなしくしてろ。それが分相応《ぶんそうおう》ってやつだ。間違っても、自分に何かできるかもしれないなんて思うな。その女の子の件だって、おまえにはなーんにもできやしないんだから、家で宿題でもやってろ。ああ、例の堕花雨とイチャイチャするのもありだな。いいじゃないか、青春だ」

ジュウは無言で行動を起こした。真正面から殴りかかってきたジュウを紅香はひらりとかわし、その腕を摑んで軽く捻《ひね》る。たちまち宙に投げ飛ばされるジュウ。ダイニングテーブルの上に落下し、食器を砕《くだ》きながら衝撃に呻《うめ》くジュウを、紅香は見もしなかった。

「弱いってこと、いい加減に自覚しろよ」

そして大きな欠伸《あくび》を漏《も》らし、紅香は寝室へと消えた。

砕けた食器とカレーに塗《まみ》れながら、ジュウはその背中を見送ることしかできなかった。

母からの警告。

自分の無力さの再確認。

気がつくと、昼休みの終わりを告げるチャイムが鳴っていた。

缶をゴミ箱に捨て、下っ腹の傷痕を手で押さえながらジュウは思う。

なるほど、紅香も雨も賢《かしこ》いのだろう。そして俺はバカなのだろう。

責任を感じて、自分に何かできないかと考える俺はバカだ。

こんなことで悩む俺はバカだ。

ああ、どうせ俺はバカだよ。

「ちくしょう!」

ジュウがゴミ箱を蹴飛ばすと、近くにいた女子生徒が怯《おび》えたように通り過ぎて行った。


その日、ジュウは午後の授業をサボった。成績は悪くとも出席率だけはいいジュウが授業をサボるのは珍しく、クラスの連中は驚いていたが、それを注意するものは一人もいなかった。ジュウは鞄を摑んで教室を飛び出すと、駅に行き、電車で秋葉原に向かった。平日の昼過ぎということもあり、人込みはそれほどではなかった。ジュウは、あの日、自分が歩いたルートを思い出しながら進んだ。自分と別れた後で、桜は誘拐された。目を奪われた。そのことを考えるだけで、全身が沸騰《ふっとう》しそうなほど怒りが湧《わ》いてきた。それと同時に悲しみも。

因果応報《いんがおうほう》。善行には善行が返り、悪行には悪行が返る。

そんなのは嘘《うそ》っぱちだ。何もしていなくたって悪は襲《おそ》い来る。そして、おそらく、悪を行《おこな》った者には何の災厄《さいやく》も降りかからないのだ。天罰《てんばつ》なんて言葉は、人間が勝手に作ったもの。理不《りふ》尽《じん》な悪に対抗する力を持たない人々が生んだ、ただの妄想《もうそう》だ。

暴れる感情を抑える意味も込めて、ジュウは一度立ち止まり、目を閉じてみた。

完全な闇《やみ》に包まれた視界。そうしてみて初めて気づく。車の暴力的な走行音。店頭から流れる何種類もの音楽。周りを通り過ぎる人々がアスファルトを踏む音。話し声。それは無秩序な音の洪水《こうずい》だった。最初は識別できたものが、次第に混濁《こんだく》してくる。普段は何とも思わない空気の匂《にお》いも、感じ方が変わる。車の排気ガスと湿気《しっけ》がブレンドされたそれに、ジュウは気分が悪くなった。

前に一歩踏み出してみた。足の裏から伝わる振動に驚く。アスファルトのごつごつした感触に不安になる。ゆっくりと前進。一歩ごとに必要とする集中力に合わせて、心臓の鼓動《こどう》が速まっていく。三メートルほど進んだところに曲がり角がある、と確認してから歩き出していたが、距離の感覚がわからなくなった。手を横に伸ばすが、近くにあったはずの壁がない。まっすぐ歩いたつもりが、曲がっていたのか。それはどれくらいの修正が必要なものなのか。何歩進んだのかもわからない。時間の経過もわからない。不安で呼吸が荒くなり、突然、前から来た通行人にぶつかったところでジュウはギブアップし、目を開けた。手に紙袋を下げた男が、迷惑そうにジュウを見据《みす》えてから再び歩き出していた。それをぼんやりと見送りながら、ジュウは大きく息を吐いた。

あの子はこれから、こういう世界を生きていかなければならないのだ。

それはジュウと同じ世界でありながら別の世界。

見えるものが見えなくなるだけで、世界は簡単に変容する。

全ては、えぐり魔の仕業《しわざ》。

どこのどいつか、何の目的があるのかは知らないが、そんな奴がいる事実にジュウは耐えられなかった。許せなかった。

しかし、今の俺に何ができる？

それはわからない。でも、わかる奴は、わかってくれるかもしれない奴はいる。

あいつなら、わかってくれるような気がする。

時計を見た。もう帰宅している頃だろう。

ジュウは雨の家に向かうことにした。

夏休み前に起きたあの事件。クラスメイトの藤嶋香奈子や紗月美夜《さつきみや》を巻き込んだ、あの痛ましい惨劇《さんげき》。ジュウ一人ではどうにもならなかったあの事件を何とか解決できたのは、雨のお陰《かげ》であった。彼女には、命まで助けられたのだ。その思考と行動力は頼りになる。少なくとも、ジュウが一人で考え、行動するよりはずっとましな何かを、彼女なら考えつくような気がする。今日の昼にはあんなことを言っていたが、あの堕花雨のことだ。自分が頼めば、きっと簡単に応じてくれるだろう。

そう思ったジュウは、前回の記憶を頼りに道を進んだ。二回目の訪問だ。前回は彼女に連れられて、今回は自分一人で。

雨の自宅が見えてきたところで、ジュウは門の前に誰かが立っているのに気づいた。知らない男が、門の前でチャイムを鳴らしているところだった。しばらくして男は門を通り抜ける。

それを迎えるように、玄関のドアが開いて誰かが出てきた。

雨だった。立ち尽くすジュウの視界の中で、雨は男と何か言葉を交わしていた。笑い声が聞こえた。笑っているのは男の方だったが、雨も何か喋《しゃべ》っていた。しばらく玄関先で話していた二人は、やがて家の中へと消えた。

遠目にも、男の様子が楽しげであるのはわかった。まるで、好きな女に対するような、そんな態度に見えた。雨の方はどうだったのかはわからないが、彼女は男を家に入れた。

この事実を自分の中でどう受け止めているのか、ジュウ自身にもわからなかった。

堕花雨を、あいつを、女として見ている男がいる……ということなのだろうか。

その男を、雨は家に入れた。

遊びに来るほど親しい男がいたのか、という驚き。

あんな男を家に上げるなよ、という腹立ち。

別に俺しか家に招かないってわけじゃないよな、という諦め。

雨に力を貸してもらおうという思いが、一気に萎《な》えた。ここで今から家を訪れたら、まるであの男と雨の接触を邪魔するようではないか。そんなことをするつもりはない。あいつにはあいつの世界があり、それに干渉《かんしょう》する気はないのだ。仮に、雨が誰かと付き合っていたとしても、それはそれでいいと思う。今まで雨にそんな素振《そぶ》りは見えなかったが、それはジュウが気づかなかっただけなのかもしれない。好きにすればいいのだ。自分と雨は恋人ではないし、友人と呼べるのかどうかも怪《あや》しい、不自然な関係なのだから。きっかけは前世の絆云々《きずなうんぬん》で、それからなし崩《くず》し的に今に至《いた》る関係は、どう説明しても他者を納得させるのは無理だろう。

自然と足がその場から遠ざかり、近くの曲がり角から雨の家を見ながら、ジュウは自分が恥《は》ずかしくなった。不自然を自然と受け止め、いつしか当たり前のように感受していた自分が恥ずかしい。

何を自惚《うぬぼ》れていたのか。

あいつなら喜んで自分に力を貸すと、どうしてそんなことを思ったのだろう。

こうしてあいつの家を見ている自分は、あの男がいつ家から出てくるか気にしている自分は、家の中で二人で何をしているのか想像している自分は、まるでストーカーじゃないか。

「……やっぱりバカだな、俺は」

立ち去ろうとしたジュウの背後で、扉が開く気配がした。それに続いて誰かの足音が聞こえる。

まさか……。

雨が自分に気づいたのだろうか、と思いながら振り向くと、門の前にはその妹が立っていた。光は、ジュウを不審《ふしん》そうに見ていた。大きなスポーツバッグを肩から下げた彼女は、つかつかとジュウに歩み寄る。

「変態！　警察呼ぶわよ」

「いや、俺は……」

「たまたま近くを通りかかって、たまたま立ち止まって家を見てただけ？」

「……そうだ」

目を逸《そ》らすジュウを光は呆《あき》れたようにじっと見つめ、さりげなく言った。

「楽しそうだったなあ、草加《くさか》さんとお姉ちゃん」

草加とは、あの男の名前か。

それに反応するジュウを見て、光は軽蔑《けいべつ》の眼差しを向けた。

「気持ち悪い。あんた、マジで変態なんじゃないの？　いつからそこにいるのよ」

「ほんの少し前だ」

「ウソばっかり。草加さんが家に来たの、見てたんでしょ？　草加さんが来たのって、今から三十分くらい前よ」

腕時計を見たジュウは、光の指摘が正しいことを知った。

自分で意識しているよりもずっと長く、この場に留まっていたらしい。

「ストーカーね」

ジュウには、それに返す言葉がない。

「……草加って、どういう男なんだ？」

口にしてから後悔した。何てカッコ悪い質問。最低だ。

「あんたに関係ないでしょ」

その通りだ、とジュウは思った。

「見逃してあげるから、もう来ないでよね、二度と」

ジュウを追い払うように、光はスポーツバッグを軽く振った。

「俺は……」

「どっか行って」

光はジュウを手で押しやると、冷たい視線を投げかけた。

ジュウはそれを見返したが、何を言うべきなのかわからず、そして、言うべき言葉のない自分はこの場にいてはいけないとわかり、背中を向けた。光の視線がまだ自分に注がれているような気がして、ジュウは一度も後ろを振り返ることができなかった。


日が暮れても家に帰る気がせず、ジュウは街をぶらついていた。頭の中は混乱したままで、何度も同じ道を往復し、意味もなくゲームセンターに入り、何度かケンカを売られたりもしたが無視した。気がつくと、もう深夜十二時を回っていた。たくさん歩いたはずだが疲れはなく、まだいくらでも歩けそうだった。どうにも意識と体がバラバラで、どう考えをまとめたらいいのかもわからない。一度深呼吸し、歩き続けながら改めて考えた。

一人でいいじゃないか。あいつの力をあてにしていたのが、そもそも間違いなんだ。

よく考えてみれば、雨は鏡味桜の件を知っていたはずなのだ。彼女なら、テレビかネットのニュースで見ていたはずだ。スポーツ新聞の記事は見ていなかっただけで、ニュース自体は知っていた。それなのに、彼女はいつもと変わらなかった。それが、堕花雨という少女。彼女のスタイル。柔沢ジュウとは全然違う。そんな彼女に協力や理解を求めようとした自分は、なんとも滑稽《こっけい》だ。

何を頼る必要がある。一人で考えて、一人でやろう。

そう決めたら、少しだけスッキリした。ジュウは昼から何も食べてないことを思い出し、急に空腹を覚えた。この時間じゃ、家に帰って飯《めし》の用意をするのもだるい。どこかで飯を食ってから帰るとしようか。ファミレスでもないかな、と見回したところで、近くから不穏《ふおん》な気配を感じた。男たち数人で、誰かを囲んでいる。今日は熱帯夜《ねったいや》であり、その熱気のせいで気が立ってしまう連中もいるのだろう。柄《がら》の悪い男たち三人に囲まれているのは、どうやら女の子らしい。女の子の拒絶の声と、髪に結んだ白いリボンが見えた。男たちは下卑《げび》た笑い声を上げ、無理やり女の子の腕を摑み、近くに停《と》めてある車に連れ込もうとしているようだった。

なんて運の悪い奴らだろう。そっちに向かって駆け出しながら、ジュウは思った。

今の俺は、ムシャクシャしている俺は、それを解消する場を求めている。

絶好の機会。後腐《あとくさ》れのない相手。

ジュウは、男の一人を目がけて背後から飛び蹴り。体重のよく乗った一撃が男を吹っ飛ばし、壁にぶつけて昏倒《こんとう》させた。

「なんじゃてめえはっ！」

男の一人が、突然乱入してきたジュウに怒声《どせい》を浴びせる。見たところ男たちは二十歳《はたち》前後。

ジュウよりは年上だろう。肩に刺青《いれずみ》を入れた男と、鼻にピアスを付けた男。二人とも目が血走り、妙に興奮《こうふん》している。何か薬物を使っているようだった。

「邪魔すっと殺すぞ、ガキ！」

どれほどの怒声を浴びても、ジュウは萎縮《いしゅく》などしない。

こういう奴は会話するだけ無駄なので、ジュウは何も言わずに行動。正面から殴りかかってきた刺青の男の拳を、軽いステップで避《よ》ける。空腹のわりには体が軽い。一気に踏み込んでパンチ。相手の鼻を潰し、呻《うめ》いたところで左手で髪の毛を掴み、右でパンチ。さらにパンチ。クールに実行。背後から近寄ってきた男の手をすり抜け、そいつに肩からタックル。体格は互角だったが、バランス感覚と思いきりの良さはジュウの方が上だった。相手の体勢が大きく崩れたところで、地面を勢いよく踏み込み、相手の鼻を狙《ねら》って腰の回転を利《き》かせたパンチ。鼻骨《びこつ》を砕く感触。薬物を使い痛覚が鈍《にぶ》っていても、呼吸は苦しくなる。ケンカでは致命的だ。

最初に蹴り倒した男が頭を振りながら起き上がり、背後から突っ込んできたが、ジュウは難なくそれをかわし、すれ違いざまに首筋に一撃。強烈な手刀《しゅとう》を叩き込んだ。男は顔から地面に激突し、そのまま失神《しっしん》した。それを見た残りの二人は、怯えた表情でジュウから離れていく。

ジュウが強いのは、不本意ながら紅香との過激な交流のお陰である。

彼女の相手をしながら育ったジュウは、自然と強くなってしまったのだ。

騒ぎを聞きつけたらしく、遠くから警官が走ってくるのが見えた。ジュウは急いでその場を離れる。生温い風が頬《ほお》に当たり、ケンカで流した汗《あせ》の不快感を強調した。なんてバカな俺。くだらない俺。自暴自棄《じぼうじき》。八つ当たり。憂《う》さ晴らし。どれも最低だ。

しばらく走ったところでコンビニを見つけたので、そこで休憩することにした。振り返ってみたが、警官は追って来てはいない。だが、別の奴がいた。

白いリボンを髪に結んだ少女。男たちに絡《から》まれていた子だった。

「すっごーい。柔沢くん、強いね。まるで王子様みたい」

パチパチパチ、と拍手《はくしゅ》するその子は雨の友人。

「おまえ……」

「どーも、斬島雪姫《きりしまゆきひめ》でっす」

白いリボンにどこかで見覚えがあるような気がしていたが、こんな偶然があるとは。

雪姫は制服姿で、脇《わき》には学生鞄を抱えていた。

「さっきは危ないところをありがと。カッチョイイっすねえ。いやあ、ちょっち困ってたから、マジで助かりましたよ」

やれやれ、とハンカチで汗を拭《ぬぐ》う雪姫。ジュウは現場から全速力で走って逃げたのだが、それを追いかけてきた彼女の脚力はたいしたものだった。

それにしても。

「こんな時間に何してんだ?」

「柔沢くんだって、夜遊びしてる悪い子じゃん」

「俺は……別にいいんだよ。これでも不良やってんだから」

「へえ、ロックンロールだ」

なるほど、と妙な感心をする雪姫。

「あたしはね、五十三巻まで読破してたんだよ」

「は？」

「餅好餡子《もちずきあんこ》先生の『乙女水滸伝《おとめすいこでん》』。月刊ラブマガで好評連載中のやつ」

「……………」

「五十三巻まで揃《そろ》ってるマンガ喫茶をやっと見つけてさあ、もうこれは読むしかないでしょって感じで、即実行ですよ。学校帰りに直行して、気がついたらこんな時間」

たしかに、あの辺《あた》りには二十四時間営業のマンガ喫茶のネオンがいくつか光っていた。ジュウは利用したことはないが、学校帰りに店に寄り、マンガを読みふける人間もいるのだろう。それにしたって今の時刻は午前十二時半。雪姫は、かなりの時間、マンガに没頭《ぼっとう》していたことになる。

それを示すように、雪姫は大きな欠伸を漏らした。

「なんか、まだ頭の中が三分の二くらいファンタジー状態で、ちょっとフワフワしてる感じ。そんなときにあんなのが寄ってきて参りましたよ。あいつら『世の中つまんねーよなー』とか言っててさ。つまんねーのは世の中じゃなくておめーらだっつーの！」

と言って、何故《なぜ》か大笑いする雪姫。

「まあ、とにかく助かったよ、柔沢くん」

雪姫はジュウに握手を求めたが、ジュウはそれを無視した。

「さっさと帰れ」

「お腹《なか》すいちゃったなあ。どこかで何か食べない？」

「明日も学校だろうが」

「助けてくれたお礼に、あたしが奢《おご》っちゃう」

「家に帰って寝てろ」

「あ、あそこにしようよ」

近くのファーストフード店を指差しながら、雪姫はジュウの手を強引に取って歩き出した。なんて自分勝手な女だ。そう思いながらもあまり抵抗する気が起きないのは、ジュウも疲れていたからなのかもしれない。


深夜ということもあり、店内は閑散《かんさん》としていた。客は、やたら体を密着させてるカップルか、終電までの時間を潰すサラリーマンや学生などが数人。ジュウと雪姫は二階の奥にある席に座った。ジュウは普通のハンバーガーのセット。雪姫は、ホットケーキのセット。支払いは、雪姫がどうしても奢ると主張し、ジュウは反論しなかった。

ウーロン茶にストローを差し、それを飲みながらジュウは一息つく。

こんな時間にこんな場所で雪姫に会うのは完全に予想外で、あまり嬉しくはなかったが、なんとなく誰かと話したいような気もしていたのはたしかだ。

「それにしても、柔沢くん強いね。それに上手《うま》い。ダメージよりも、相手の戦意喪失《そうしつ》を狙ってまず鼻を潰すなんて、なかなかの手際《てぎわ》だよ」

あの状況でよく見てるな、と思いながらジュウも言う。

「おまえ、いつもこんな時間まで街をうろついてるのか？」

「あたしは円《まどか》みたいに部活とかやってないし、最近は特にハマってるゲームもなくて暇《ひま》だから。適当に、まあブラブラとくだらない生き方してるの」

雪姫はあっけらかんとしたもので、特に自分を卑下《ひげ》しているわけではないようだった。陽気にだらしない、とでも言うのであろうか。ストローを銜え、美味《おい》しそうにイチゴジュースを飲む彼女の様子はやたらに子供っぽく見えた。

「柔沢くん、雨とケンカでもした？」

「……何でそう思う」

ドキリとしたが、ジュウは平静を装った。

「何となく、前に会ったときよりもネガティブっぽい雰囲気《ふんいき》だし、何かあったのかなーと思ってさ。違う？」

「おまえには関係ないだろ」

「そうだね」

雪姫はあっさり引き下がり、イチゴジュースを美味しそうに飲む。

客が少なく静かな店内は、どこか空虚《くうきょ》さも感じさせた。窓の外に広がる夜の闇に、店内の蛍光灯が弱々しく抵抗している。

「なんかさ、話してよ。こうしててもつまんないじゃん」

「何を話すんだよ」

「初体験はいつですか?」

「殴るぞ」

「あ、まだなの? あたしと一緒なんだ」

楽しみだねー、と笑う雪姫からジュウは目を逸らし、他のテーブルを見ると、そこには今朝のスポーツ新聞が捨てられていた。そこからも目を逸らし、ジュウは窓の外を見た。ウーロン茶を摑んで一口飲む。さっきよりも苦く感じた。あの子も、苦いと言っていた。今夜は月もなく、夜空はひたすらに真っ暗。こうしていると、いろいろと思い出してしまう。夜の闇は、まるで映画のスクリーンだ。心の内にあるものが次々と映っては消えていく。鏡味桜のこと。雨のこと。紅香に言われたこと。光に言われたこと。雨に会っていた男のこと。

「……斬島、えぐり魔って知ってるか?」

「知ってるよ。でも、わたしのことは雪姫って呼んで」

ジュウがこんなことを話したのは、多分、自分で思っている以上に参っていたからだろう。弱っていた、ということかもしれない。

ジュウは、雪姫にこれまでの経緯《いきさつ》を話した。雪姫や円と会ったあの日、それより少し前に、迷子になっていた幼い女の子に出会ったこと。彼女を放っておいてしまったこと。そして、彼女がえぐり魔に誘拐され、目を奪われたことを。

雪姫はホットケーキを食べようとするのをやめて、真面目にその話を聞いていた。

そして一言。

「後悔してるの？」

「……そうだ」

そう、ジュウは後悔しているのだ。それは間違いない。

雪姫は腕を組み、天井を見上げた。

「んー、よくわかんないなあ。何でそうなるの？　だって、柔沢くん関係ないじゃん」

「俺が一緒にいてやれば、こんなことにはならなかった」

「その子、桜ちゃんだっけ？　彼女は君に一緒にいてくれって頼んだの？」

「いや、そうじゃないが……」

「だったら別にいいじゃん。運命だよ、それ。考えるだけ時間の無駄」

言葉を失うジュウに、雪姫はウフフと笑みを浮かべながら顔を寄せた。

「ねえねえ、そんなことよりさ、これから何かして遊ばない？　あたしさ、一人暮らしだから親とか心配しなくてもいいんだよね。うちに来る？　あんま広くないけど、ゲームやマンガはたくさんあるよ。それとも、何か別のことする？　あ、何かエッチなこと期待してるでしょ？

それはまだダメ。ちゃんと段階を踏まないとね。いきなりそれじゃ雰囲気が台無しじゃん。やっぱさ、後から思い出してもウットリするようなのが理想だよね。とにかく、これから何かして遊ぼうよ。明日の学校は適当にサボってもいいし。ね、そうしよ?」

ジュウは、急にバカらしくなった。

こいつはダメだ。何でこんな奴に話してしまったんだろう。またしても最低だ。

空腹感も失《う》せ、ジュウは手付かずのハンバーガーをそのままに無言で席を立った。

「待てよ、柔沢」

階段へ向かおうとしたジュウの足が止まる。

雪姫の声の調子が変わっていた。振り向くと、彼女の左手にはプラスチック製のナイフが握られていた。ホットケーキセットに付属していたものだろう。

「そう焦《あせ》るな。焦ったところで、人生の終着地は同じだ。あたしも君も、そこにしか行けない。ならばゆっくり行こうじゃないか」

威厳《いげん》さえ感じさせるような、雪姫の口調。ついさっきまでの陽気さが冷徹《れいてつ》さとそっくり入れ替わり、身にまとう空気さえもピンと張り詰めていた。

まるで、剝《む》き出しの刃《やいば》と相対したような緊張感。

ナイフの先で、雪姫は座席を指し示す。

「まあ座れ。話は終わってない」

「おまえ……」

「座れ」

有無《うむ》を言わさぬ迫力。ジュウは仕方なく席に戻った。

プラスチック製のナイフを指先で回しながら、雪姫はしみじみと言う。

「やはり刃物はいいな。思考がシャープになる」

猫にマタタビ、と雨は評していたが、これがその程度の変化だろうか。

何かのスイッチが入ったとしか思えない。

「俺には、もうおまえに話すことはないぞ」

「こっちにはまだ訊きたいことがある」

ナイフを持つ雪姫の手が優雅《ゆうが》に動き、ホットケーキをあっという間に解体した。その一つをフォークで突き刺し、口に運んで静かに食べる。その仕草《しぐさ》は、さっきよりも数段大人びて見えた。

「君が後悔しているのはわかった。それで、慰《なぐさ》めて欲しいのか？」

「そんなもんいるか」

「では、どうやってその憤《いきどお》りを鎮《しず》める？　えぐり魔を捕まえるか？」

「それは……」

そうだ。それしかない。えぐり魔を捕まえれば、それができたら、少しは桜に対しての贖罪《しょくざい》になるのではないだろうか。

「……俺は、えぐり魔を捕まえる」

「この事件を解決すると?」

「そうだ」

「馬鹿げてる」

雪姫は一言で切って捨てた。

「君は、ただの素人《しろうと》だ」

「そんなことはわかってるさ。それでも、俺は……」

「確認しよう」

雪姫はじっとジュウの目を見つめた。相手に視線を逸らすことを許さない、妙な迫力を感じさせる目だった。

「君は、えぐり魔が許せないのか?」

「許せない」

「被害者は君と無関係の人間なのに?」

「無関係じゃない」

ジュウの真意を見抜こうとするかのように、雪姫の目が細められた。

ウソや誤魔化しは許さない、とそれは無言で語っていた。

その威圧感《いあつかん》にジュウが耐え始めて三十秒後。

雪姫の眼差しが、ほんの少しだけ和《やわ》らいだような気がした。

「……面白いな。本気で怒っている。そういう自分に酔ってるわけでもなく、本気だ」

ホットケーキを口に運び、静かに咀嚼《そしゃく》する雪姫。

最低限の音しか立てない動きだった。上品というよりも機械的だ。

「人間は二種類に分けられる。人間を分けて考える奴と、そう考えない奴。あたしは分けて考える奴だ。あたしの分け方は二種類。好きか、どうでもいいかだ。その分け方からすると、珍しいことに、君は比較的好きに分類される人間だろう。ど素人のくせに犯人捜しをするようなバカを、あたしは嫌いじゃない。この世界はバカに対して決して優しくはないが、だからこそ、そういう奴は嫌いじゃない」

「おまえの人間観なんてどうでもいいよ」

「そうだな、これは余計なおしゃべりだ。久しぶりだよ、こういう無駄は」

ホットケーキを食べる手を止め、雪姫は言う。

「柔沢、もう一度訊こう。どうしてもやるのか？」

「ああ」

「成功する確率は、ほぼゼロでも？」

「数字なんか知るか」

「わかった。協力しよう」

唐突《とうとつ》な申し出に面食《めんく》らうジュウを無視して、雪姫は食事を続けながら言った。

「たまにはバカもいい」

「……悪いが、断る」

「なぜ？」

「いろいろあって、女からの甘い誘いには耐性があるんだ」

雪姫は手を止めると、大きく目を見開いた。彼女にとって、今のジュウの発言はかなり意外なものだったらしい。

「……なるほど、そういう捉《とら》え方もあるか。いや、あるいはそれが真実なのかな。無意識のうちに、そういう要素が混じっている可能性も否定はできない。だとすると、これはなおさら諦められないな。新たな選択肢《し》か」

上《うわ》の空でぶつぶつと呟《つぶや》く雪姫の手から、ジュウはナイフを取り上げた。

その途端《とたん》、ふにゃっと雪姫の表情が崩れる。

「あ、それ返してよーっ！」

と手を伸ばす彼女から、ジュウはナイフを遠ざけた。

刃物を持たせた雪姫はどうにも緊張感があり過ぎて、ジュウとしては対応に疲れる。

こっちの雪姫の方が、まだいくらか楽だった。

「それがないと、ホットケーキ食べられない、食べられない、食べられない」

足をバタバタと動かして抗議する雪姫。

「もう切ってあるし、フォークがあるだろ」

「柔沢くん、あーんてして、食べさせてくれる？　くれたら我慢《がまん》する」

「絶対嫌だ」

「神様、ここに鬼がいます。金髪の鬼がいます。どうか天罰を与えてください。十日間くらい便秘《べんぴ》しますように」

「妙な願い事すんな！」

どうも調子が狂う。一緒にいると精神年齢が低下していくような気がするし、それに加えてさっきの変化だ。微妙に気が抜けない。

ジュウが自分のハンバーガーを差し出したことで雪姫は機嫌を直し、それを美味しそうに食べ始めた。まるで子供のように口の周りを汚す食べ方を見ていると、ジュウの警戒心《けいかいしん》もいくらか弱まる。

ジュウはストローで氷を掻き回し、少し薄まったウーロン茶を飲んだ。

「とにかく、俺は一人でやる。誰の協力もいらない」

「そんなにいい加減な気持ちなの？」

「何？」

「だって、くだらないプライドを優先して、能率を無視するんでしょ？」

言いにくいことをハッキリ言う女だった。

しかも笑顔で言うのだから、威力は大きい。

「……おまえ、何を企《たくら》んでる？」

「さっきも言ったけどさ、あたし、暇なんだよね。どのくらい暇かというと、放っておくと恋愛小説を書いてしまいそうなくらい。それも近親相姦物《きんしんそうかんもの》で美少年の兄弟がまぐわってそれに美少女の妹も加わって最後には母親まで加わってしまうようなやつ。読んでみたい?」

「絶対嫌だ」

「なら、そういう事態にならないように協力してよ」

ハンバーガーを頬張《ほおば》りながら、雪姫はニッコリと微笑《ほほえ》んだ。口の端にケチャップが付いていることをジュウが指摘すると、雪姫は恥ずかしそうに舌先《したさき》でそれを舐《な》め取り、また微笑む。こうしていると、とても同じ歳《とし》とは思えない。

こいつはどこまで本気なんだろう。いまいち信用できないような気がする。

「真面目に答えてくれ。おまえの本当の狙いは何だ?」

「んー」

雪姫は食べ終えたハンバーガーの包み紙を丁寧《ていねい》に折り畳《たた》み、トレーの上に置いた。

「本当の狙いってほど大層《たいそう》なもんじゃないけど、君とは仲良くしたいなーって、そう思ったの。これ、君が雨の大事な人だからってことだけじゃなくて、あたし、斬島雪姫個人の感情ね。だから、君に協力するのもその流れ」

雪姫は、悪戯《いたずら》を白状するように上目遣《うわめづか》いで言う。

「これってさ、チャンスだと思うんだよね。一気に親密になる絶好のチャンス。事件の捜査を通じて二人の仲は急接近。ドラマでよくあるじゃん」

「………」

ジュウは呆れ顔でウーロン茶の残りを飲み干した。氷が溶け、半分以上は水の味がした。

「……おまえ、俺と仲良くして、どうしようってんだよ?」

「わかんない」

「……」

「ホントに、理由はわかんないよ。でも、理由のないことの方がステキじゃない?」

ジュウは頭を掻き、時計を見て午前二時近いことを知り、明日の学校はだるいだろうなあと思い、それからもう一度雪姫に視線を戻した。

「ダメだ。やっぱり俺一人でやる」

「具体的にはどうするの? 何処から調べるの? どうやって情報を得るの? 雑誌や新聞だけじゃキツイよ」

痛いところを突かれた。まったくその通りだ。

夏休み前のときもそうだったが、適当に動いても無駄足にしかならない。

「あたし、君の力になれると思うな」

「女の出る幕じゃない」

「わあ、前時代的な発言」

「危険なんだよ。遊びじゃねえんだ」

「それは大丈夫。あたし、結構強いから」

ジュウは少しだけ検討してみた。もし、えぐり魔を見つけたとして、その犯行現場を押さえたとして、ジュウにできることは何か。犯人が一人とは限らない。二人以上、もしくは組織だったらどうか。ジュウ一人で何ができるか。万が一を考えて、誰かと組むのは正解のような気もする。それが、多少は知恵も回り、腕も立つ女なら、最善とまでは言わないまでも一人で動くよりは無難、かもしれない。

「さて、今日はもう遅いし、本格的な捜査は明日からにしましょうか」

「は？」

「待ち合わせはどこにする？」

「勝手に話を進めるな！」

「もっと考える時間をくれ？」

「そうだ」

「そういうのは考えてるんじゃなくて、迷ってるだけだよ」

またしても痛い指摘。ジュウが黙った隙《すき》に、雪姫はさらに話を進める。

「情報集めは、あたしに任せて。何とかなると思う。大変なのはそこから先。ひたすら歩くことになるだろうね。んー、ダイエットと思えばいいか。刑事ごっこでダイエット。画期的《かっきてき》だ」

ジュウは心の中で舌打ちし、雪姫のペースに巻き込まれた自分を恥じたが、彼女の言い分が正しいことは認めざるを得なかった。

彼女の助けを断る理由は、くだらないプライドでしかない。

しかし、譲《ゆず》れない部分はある。

「条件がある」

「うん、どんな？」

「あいつには言うな」

雨には秘密にすること。それが条件。

「ホントに、雨とケンカしたの？」

「おまえには関係ない」

これもくだらないプライドの問題だ。

「……んー、まあそうだね。今は詮索《せんさく》はよしましょう」

雪姫はパチンと両手を合わせ、よし決まり、と宣言。

「その条件、呑みます、ゴクゴクっと。でもさあ、雨には内緒ってキツくない？　訊かれたらどう説明すんの？」

「それは……」

ジュウは少し考えた。思いついたのは単純な方法だったが、効果はあるだろう。

翌日に会う約束をし、二人は別れた。

第3章　愚者の足跡

「雪姫《ゆきひめ》と、ですか？」

「ああ」

放課後、いつものように下駄箱《げたばこ》のところで雨《あめ》と会ったジュウは開口一番《かいこういちばん》、昨日思いついたことを話した。

雪姫と付き合うことになった、と。

もちろん恋人としてだ。

今日もこれから雪姫とデートの約束がある、とジュウはさらに付け加えた。

雪姫と二人で行動していても雨に不審《ふしん》に思われない方法として、これが最適だとジュウは判断したのだ。その判断は、あながち間違ってはいないようだった。

話を聞いた雨は、さすがに驚きはしていたが、それを変には思わなかったようだし、反対もしなかった。従者《じゅうしゃ》としては、主人の色恋沙汰《いろこいざた》に口を出す権限などないと彼女は思っているのだろう。その思い込みは、こういうときにはありがたい。

「そういうことだから、放課後や休日は、あいつと一緒にいることが多くなると思う。おまえも俺なんか気にしないで、好きにやればいい」

「はい」

「おまえはどう思う？　雪姫と俺が付き合うことを」

好奇心と多少の意地の悪さも込めた質問だったが、雨は冷静に、少なくとも表面上はまったくいつもと変わらぬ調子で答えた。

「雪姫は、ちょっと困ったところもありますが、根は善良です。ジュウ様さえよろしければ、かまわないと思います」

「そうか。ちなみに、おまえはどういう男がタイプなんだ？」

これも、やや意地悪な質問だ。昨日から、少しそういう心境になりやすくなっている。

昨日、あの草加《くさか》という男と雨がどんな話をしたのか気になるし、ジュウの無様《ぶざま》な様子を光《ひかる》が雨に話したのかも気になる。しかし、そのどちらも訊《き》くことなどできない。訊くという行為そのものが惨《みじ》めだからだ。

そう思わせるのはプライド。くだらないプライド。

ジュウは軽く頭を振り、その思考を追い出した。

それはもういい。今自分がやるべきこと、やりたいことは、それとは関係ない。

雨はしばらく黙っていたが、それは悩んでいるのではなく、生まれて初めてされた質問に戸《と》惑《まど》っているように見えた。

「……考えたこともありません」

納得のいくものではないが、彼女らしいとも言える返事。

「そうか」

ジュウの返事も、自然と素《そ》っ気《け》なくなる。

自分は、彼女にどんな返事を期待していたのだろう？

彼女は俺に、どんな期待をしているのだろう？

どちらもわからない。

その日、マンションの近くで別れる際、雨は普段より少しだけ長くジュウのことを見つめていたような気がした。いつものように鞄《かばん》を両手で持ち、顎《あご》を引き、背筋《せすじ》を伸ばした綺麗《きれい》な姿勢で。まるで、何か言いたいことを我慢《がまん》しているように。

それは、ジュウの希望的観測だろうか。


ジュウは部屋に戻ると、顔を洗って気持ちを切り替えてから、動きやすい服装に着替えて街に出た。

時刻は夕方の五時過ぎ。とっくに真夏は終わっても暑さはまだ引かず、ニュースを見る限り新記録の更新中らしい。地球温暖化。毎年聞くのでもう飽きた言葉だ。滅亡《めつぼう》というと氷河期《ひょうがき》のようにあらゆる生物が活動不能になるイメージがあるが、地球が温暖化してるということはその逆なのだろうか。それとも、滅びと熱量は関係ないのだろうか。でも死体は冷たい。死ぬと熱くなる死体はない。でも星は燃え尽《つ》きて死ぬ。ならば星とは生き物ではない。そのわりには、地球は生きているなどと表現する者は多い。そのへん、どういうことなんだろう。

そんなどうでもいいことを考えながら、ジュウは夕闇《ゆうやみ》に沈んでいく道を進んだ。今朝、久しぶりに真剣にニュースを観《み》たが、えぐり魔に関連した報道はそれほど多くはなかった。被害者の家族は当然のことながら取材を拒《こば》むし、目を失った子供に突撃インタビューを試《こころ》みるほど馬鹿《ばか》なリポーターもさすがにいない。刺激的な事件でありながらも、マスコミの報道はやや中途半端だ。ジュウの知らない規制のようなものがあるのかもしれない。今朝のトップニュースは、元自衛隊員が除隊するときに密《ひそ》かに持ち出したガス兵器を地下鉄の駅で散布しようとし、それに気づいた乗客と格闘になった挙句《あげく》にホームに走り込んできた電車に飛び込んで自殺した、という事件。新たな犠牲者《ぎせいしゃ》が出ない限り、えぐり魔事件に関する詳《くわ》しい情報をメディアから得るのは難しそうだった。だから、雪姫が何か情報を得る手段を持っているというのなら、それに頼るべきなのだ、つまらないプライドは捨てて。

ジュウは約束の時間に昨日と同じファーストフード店に到着。雪姫の姿を捜した。周りからはデートの待ち合わせでもしてるように見えるだろうが、ジュウとしてはそんな甘い気持ちは皆無《かいむ》。

「うっす」

昨日と同じ席で手を振る誰かに気づき、よく見るとそれは雪姫だった。

先に注文していたらしく、雪姫はジュウの分の飲み物を渡す。またウーロン茶だった。

席に着き、ジュウは雪姫の服装を改めて観察した。

「一瞬、わからなかったよ」

「似合ってない?」

「動きやすそうではあるな」

今日の雪姫は、頭には野球帽を被《かぶ》り、やや大き目のシャツにスリムなジーンズという服装。野球帽には「SABER」と書かれていた。シャツの胸元を押し上げる膨《ふく》らみは目のやり場に困るところだが、事の深刻さを考えれば気にしている場合ではない。これだけは彼女もこだわりがあるのか、長い髪はやっぱり白いリボンで結ばれていた。

「アクションを考慮《こうりょ》して、スカートはやめたの」

「賢明だな」

「あ、ひょっとして柔沢《じゅうざわ》くんはスカートの方が良かった? あたしの足が見たい?」

「一応訊いておくが、刃物は持ってないだろうな?」

「えっ、何で?」

「刃物好きなんだろ?」

「好きだけど、いつも持ち歩いてるわけじゃないよ。そんなことしたら大変じゃん。いろんなものが切りたくなっちゃうし」

いろんなものって何だよ、とは思ったが、ジュウは本題に入ることにした。来る途中で流し

SABER

た汗《あせ》の水分を補給するようにウーロン茶を飲み、一息ついてから話し始めた。周りの客は昨日よりずっと多かったが、こちらには誰も注目していない。

今の世の中、店員も客も、他人のプライバシーには不可侵《ふかしん》。愛を語らうカップルの隣で学生がリンチの日時を話し合い、そのまた隣で子供がゲーム談義で盛り上がる。それが現代社会というものだ。

ジュウはウーロン茶をトレーの上に置き、やや声を落として言った。

「それで、昨日言ってた情報を集めるって件はどうなった？」

「持ってきたよ」

雪姫は、ジーンズの尻《しり》ポケットから折り畳《たた》まれたコピー用紙の束を取り出した。てっきり週刊誌のバックナンバーでも持ってくるのかと思っていたジュウは、怪訝《けげん》そうにそれを開く。その内容に目を疑った。

「……こんなもの、どうやって手に入れた？」

紙には、えぐり魔事件の被害者の名前と顔写真がズラリと並び、事件発生の日時や場所、行《ゆく》方《え》不明から発見までの経緯《いきさつ》すら記載されていた。被害者宅の住所と電話番号もあり、その一番最後の欄《らん》には鏡味桜《かがみさくら》の名前と顔写真もあった。間違いなくあの子だった。

ここまで詳しい資料は、テレビや雑誌でも公表されていない。

「円《まどか》に頼んでもらったの」

「円堂《えんどう》さんに？」

「まあ、そこは大人の事情ってやつだね」

「親が警察の幹部とか言うんじゃないだろうな」

「詳しく知りたい？」

「いや。要するに、強いコネがあるって解釈でいいんだろ」

「……………」

「どうした？」

「普通、こういう話をしたら、もっと追及してくるもんだと思ってたから。おまえ何を隠してるんだ、とかさ」

「それは知っておかないとダメなことなのか？」

「そうじゃないけど……」

「なら、別にいいよ」

深く詮索《せんさく》する気はなかった。それは好奇心の乏《とぼ》しさか、あるいは自分にも当てはまることだからか。例《たと》えば、他人から紅香《べにか》や父親のことをあれこれ詮索されたら、ジュウは不愉快《ふゆかい》に思うだろう。自分がされたくないことは他人にもするな。幼《おさな》い頃、紅香から言い聞かされた人間関係の基本。いつも守れるわけじゃないが、守れるうちは守る。

ジュウのそんな態度に、雪姫は拍子抜《ひょうしぬ》けしたように口をポカンと開き、それから嬉《うれ》しそうに微笑《ほほえ》んだ。

「君、やっぱりいいね」

「何が？」

「好きかも」

「バカ言ってないで、話を進めるぞ」

問題は、この資料をどう活用するかだった。

ここまで詳しい資料があれば助かるが、具体的にどう動くかはまだ未定。

思案するジュウに、雪姫が提案した。

「まずは、その現場を回ってみない？　何かヒントがあるかもしれないし」

「……そうだな」

ジュウはそれに同意し、二人はファーストフード店を出ると、資料に示された住所を目指して電車に乗った。


えぐり魔事件の最初の犠牲者である草加恵理《えり》は、大鳩《おおばと》幼稚園の年少組に通う、事件当時は四歳の女の子だった。顔写真から受ける印象はおとなしそうな、幼稚園でも部屋の隅《すみ》で一人で積み木で遊んでいるような感じの子だ。

事件が起きたのは今から二年以上も前の冬。幼稚園から帰る途中でのことだった。恵理は、自宅と幼稚園の往復に市営バスを利用していた。もちろん保護者同伴《どうはん》である。

その日は天候が悪く、朝から豪雨だったという。傘《かさ》を持った客が多く、しかも冬ということで乗客は着膨《きぶく》れしており、バスの中は混雑していた。さらに道路は渋滞だった。なかなかバスが進まず、乗客は苛立《いらだ》ち、疲れから立ったまま居眠りする者もいた。その状況の中で幼い子供と手を繋《つな》ぎ続けるのは、かなり困難なことだったろう。子供はストレスに敏感なので、すぐに参ってしまう。同伴していた保護者は、恵理が眠たそうにしているのを見ると、座席が空《あ》いた瞬間にすぐに彼女をそこに座らせた。座席で眠らせておいた方が無難という判断は、この状況では妥当《だとう》である。過失があるとすれば、その保護者も疲れて眠ってしまったということだった。

吊《つ》り革《かわ》に掴《つか》まりながら眠っていた恵理の保護者は、バスが大きく揺れたことで眼《め》を覚まし、座席にいる恵理の方を見た。黄色い雨合羽《あまがっぱ》を着ているその小さな姿を確認し、ホッとしてから数分後。自宅近くのバス停に着き、寝ている恵理を起こそうとしたところで、保護者の顔から血の気が引いた。そこに座っていたのは恵理ではなかった。黄色い雨合羽を着てはいるが、別人だった。その子が恵理と同じくらいの年格好《かっこう》で、似たような雨合羽を着ていたので、見間違えていたのだ。その日、保護者はたまたまメガネを新調中で、度の合わない古いメガネをかけていたことも理由の一つ。保護者はすぐにバスの中を捜し回り、そこに恵理の姿がないことを知った。

考えられるのは誘拐《ゆうかい》。警察に捜索願を出したのがその一時間後。凶悪事件の処理に日夜追われている警察の対応は、あまり誠実なものではなかったが、取り敢《あ》えずは頼るしかない。警察が真面目《まじめ》に行方不明事件として扱《あつか》ってくれたのは、その日の晩。草加恵理が見つかったのが翌日の早朝。始発を待つ酔っ払いのサラリーマンが、駅前にある花壇の中で眠る、幼い女の子を発見した。顔に巻かれた包帯に血が滲《にじ》んでいるのを見て驚き、サラリーマンは近くの交番に駆け込んだ。

以上が、えぐり魔による第一の事件である。

事件現場、とはいっても姿を消したのはバスの中なので、ジュウと雪姫が向かったのは草加恵理が通っていた幼稚園。そこに着いた二人は、既《すで》に園児たちの帰った後の静かな幼稚園を門の外から覗《のぞ》いた。

えぐり魔だけでなく、最近では幼い子供を狙《ねら》った変質的な事件が多く、園児たちが帰る時間は早まっているという。日の暮れた今は園内に灯《あか》りもついておらず、職員も帰った後のようだった。

「滑り台やブランコって、誰が発明したんだろうね」

園児たちの遊び場を、雪姫が懐《なつ》かしそうに眺《なが》めていた。

ジュウは手元の資料に視線を落とし、街灯の明かりでそれを読む。

犯人に関《かか》わる目撃情報はいくつかあったが、どれも信憑性《しんぴょうせい》は低く、ろくに容疑者を挙げることもできないような状態だったらしい。警察の初動捜査のいい加減さも、事態悪化の一因になったといえる。

　まさか、この事件がそれから何十件も続くようになるその始まりだとは、さすがに警察も予想しなかったのだ。

　被害者の数は現在までに三十四人。年齢層は四歳から六歳までの子供ばかり。男子が十三人、女子が二十一人。年齢が基準で選ばれているようだが、その意図は不明。眼球を奪う理由も不明。ただ、眼球の摘出《てきしゅつ》は力任せのものではなく、医学的知識がなければ不可能なものらしい。眼球を取り去った後で一応の止血もしており、狙いは眼球のみ。犯人は、子供たちの命には興味がないようだった。被害にあったのが全《すべ》て幼い子供で、しかも失明しているとあっては、どうしても証言は曖昧《あいまい》なものになり、そこから犯人の手掛かりになりそうなものは得られていない。子供たちにとっては、自分がどういう状況で誘拐されたか、犯人がどういう人間だったか、ということよりも、突然に訪れた闇に慣れるのに精一杯《せいいっぱい》なのだ。大人でも、そんな目に遭《あ》えば錯乱《さくらん》しかねないだろうから当然ではある。

　過去の例を見ると、こういった連続した事件は局地的に発生する場合が多い。しかし、えぐり魔の犯行はそのパターンに当てはまらなかった。雪姫から渡された資料を見ると、えぐり魔事件の三分の二は都内で、残りは地方で発生している。そこから何が読み取れるのか。

　日帰りするには遠い場所もあり、全てを調べて回るのは無理かもしれないが、ジュウはやれることは全てやろうと思っていた。

「柔沢くん。あたし今、スゴイことに気づいちゃったよ」

「何だ？」

「幼稚園て、ヨウ・チエンて読むとまるで中国人の名前みたい」

「……」

「保育園も、ホイ・クーエンて読むとやっぱり中国人の名前みたい」

「……殴るぞ」

「いやん」

二人は門の前から移動し、幼稚園の周りを歩いてみることにする。民家の多いこの辺《あた》りは夜になると静かであり、出歩いている人はあまり見当たらない。

ジュウの隣を歩く雪姫は、手をぶらぶらさせ、視線はキョロキョロと動き、子供のように落ち着きがなかった。

「なーんかドキドキするよね。ていうか、ワクワクかな。暗いのって好きかも」

「静かに話せよ。夜なんだから」

「うわ、お母さんみたい」

嫌な例《たと》えだった。おかしそうに笑う雪姫を、ジュウは軽く睨《にら》んで黙らせる。

「真面目にやれ」

「はーい。えっと、普通に考えたら、その草加恵理ちゃんが乗ってたバスに犯人もいたってことだよね」

「そうだろうな。一応、保護者で叔父《おじ》の草加聖司《せいじ》って奴《やつ》も一度容疑者になってるみたいだが、それはすぐに放免《ほうめん》されてる。だから、他の乗客の中に犯人がいたってことだ」

「……草加聖司？　どっかで聞いた名前だよ、それ」

雪姫はうーんと唸《うな》っていたが、しばらくして両手を合わせた。

「あ、思い出した。それってあの草加さんかも」

「知り合いか？」

「同姓同名かもしれないけど、多分そうじゃないかな。雨も知ってる人だよ」

雨も知ってる？

そこで、ジュウも思い出した。

あの日、雨の家で見かけた男の名前が、たしか草加だったはずだ。

この資料にある草加聖司とは、あの男のことなのだろうか。

「どういう奴なんだ？」

「んーとね」

雪姫は夜空を見上げ、記憶を遡《さかのぼ》りながら答えた。

「あれは、去年の暮れだったかなあ。柔沢くんは知らないだろうけど、毎年夏と冬に数日間、大きなイベントがあるの。アニメやマンガが好きな人たちが大勢集まるお祭り。それに、雨や円とよく参加してるのね。それで、そのイベントの最終日に参加した帰りに、お腹《なか》がペコペコだったから、何処《どこ》かで食事して帰ろうってことになったの。そんで、適当な店を探して繁華街《はんかがい》をウロウロしてたんだけど、年末だからすっごい混雑しててさ。どこも満杯で、合い席じゃないと座れそうになかったんだよね。で、しょうがないからそうして、でも、そうだ、思い出した。円が嫌がったんだよ。周りの目が気になって買った同人誌を出せないとか言って。変なとこで羞恥心《しゅうちしん》があるというか覚悟がないというか……」

「そのへんはいいから、先を話せ」

「はいはい。それでね」

そのとき、店で雪姫たちと合い席になったのが、草加聖司だった。草加はタバコを吸いながらコーヒーを飲み、携帯電話で誰かと長話をしていたらしい。雪姫たちはそれを気にせずイベントや同人誌の話題で盛り上がっていたが、そのうちに草加がこちらを見ていることに気づいた。

「なんかね、こう、じーっと見てたの。何かなと思ったら、いきなり『静かにしろ』って怒鳴られちゃってさ。店の中が満杯で騒がしかったからあんまり気にしてなかったけど、電話の邪魔して悪かったかなと思って、あたしが謝ろうとしたら、雨が先にこう言ったんだよね」

ご迷惑をかけて申し訳ありませんでした。

雨は草加に軽く頭を下げ、そしてこう続けた。

失礼ですが、ここは禁煙席ですよ。

草加は面食《めんく》らった様子で雨の顔を凝視《ぎょうし》し、雨は平然とそれを見返した。その静かな睨み合いは数分間も続いた。側《そば》で見ていた雪姫はハラハラし、円はため息を吐《つ》いていたが、しばらくして草加は自分の非も認め、謝ったという。

「で、そこから草加さんとお話ししたの」

お互いに簡単な自己紹介を済ませた後、草加は様々な話題を振ってきた。最初はそれに相槌《あいづち》を打っていた雪姫だったが、内容が宗教やら現代犯罪学やらに及び出すとついていけなくなり、最後には雨のみが草加の相手をしていた。男嫌いの円は最初から草加の話など聞いてはおらず、黙々と同人誌を読んでいた。

「草加さん、最初から雨に向けて話をしてたんだろうね」

雨は会話に乗り気ではなく、ただ事務的に応答しているだけに見えたが、草加は真剣だったらしい。雨の発想を聞くと、しきりに感心していた。

二人の会話は草加の携帯電話が鳴ることで打ち切られ、その場はそれで終わった。

「そのとき、草加さんが奢《おご》ってくれたんだよね。だから、結構いい人じゃんと思ったんだけど、それがさ……」

後日、草加から雨のもとに電話がかかってきた。どうやら、雨の名前から自宅の住所や電話番号などを調べ上げたようだった。

個人情報など、今はいくらでも金で得られる時代だ。

「草加さん、雨のことが気に入ったみたいなの。前に光ちゃんから聞いた話だと、今でもたまに手紙とか来てるらしいね」

「どんな内容の？」

「知らない」

「その草加のこと、雨はどう思ってるんだ?」

「さあ? そういうことは、本人に訊けばいいじゃん」

それができれば苦労はない。

「おまえは気にならないのか?」

「ならないよ。だって草加さん、あたしの好みじゃないもん」

まるっきり興味がないらしい。そのへんは、ハッキリしている子なのだ。

ジュウは諦《あきら》め、資料をよく読む。

草加聖司は二十四歳で、大手薬品メーカーに勤めるサラリーマン。家族や友人知人からも変な話は出ず、品行方正で前科はなしとなっていた。近所の評判も良く、恵理も懐《なつ》いていたという彼は、すぐに容疑者リストから外されていた。その後に発生した第二の事件の被害者と草加聖司が何の接点もなかった事も、理由の一つだ。

たしかに、自分の姪《めい》を含む三十四人の幼児を襲《おそ》う理由が草加聖司にあるとは思えない。

何となくモヤモヤしたものは残ったが、ジュウは資料から顔を上げた。

雪姫は頭の後ろで手を組み、ジュウを横目で見る。

「ねえ、ここらへんで、お互いに改めて自己紹介でもしておかない?」

「何で?」

「そういうこと知らないと不安でしょ? 土壇場《どたんば》で裏切られて大ピンチとかさ」

「そのときは、そのときだ」

「若いねえ、ステキ」

「……」

「柔沢くんにも、いろいろ訊きたいことあるんだよね。例えば、雨に『ジュウ様』って呼ばれてどんな気分？　快感？」

「おまえに関係ないだろ」

「じゃあ関係しようよ」

「……真面目にやる気あるのか？」

「もちろん」

「そうは見えない」

「失礼だな。あたしはこれでも『雪姫ちゃんは真面目だね』って、近所のオバさんに誉《ほ》められたことがあるんだよ」

「いつの話だ」

「五歳のとき」

「十年以上も前じゃねえか！」

「なに言ってんの。人間、そんなに変わるもんじゃないよ」

こいつと組んだのは失敗だったかもしれない……。

まあ、今更《いまさら》どうしようもないのだが。

そんなジュウの心情を知ってか知らずか、雪姫はマイペースで話を続けた。

「まあ、関係を深めるのは徐々《じょじょ》にってことで、今はそれっぽい話でもしようか。柔沢くんは、犯人はどんな奴だと思う?」

それについては、ジュウも少しだけ思い当たる節《ふし》があった。鏡味桜と出会ったあの日、彼女に執拗《しつよう》に話しかけていた男がいた。あの男は、何をするつもりだったのか。こんなことなら、あのとき捕まえて警察に突き出してやるべきだったと後悔するが、もう遅い。犯人かどうかはわからないが、怪《あや》しい奴であるのは間違いないだろう。

「犯人は変質者。まあ異常者って奴だな」

「うん、そうかもね」

「ただの異常者にしては、誘拐の手際《てぎわ》が良すぎるのが気になるけどな」

「誘拐なんて簡単でしょ」

「そうか?」

雪姫はそれに頷《うなず》くと同時にジュウの右手首を掴み、一瞬でその背後に周り込んだ。右腕を捻《ひね》り上げながら、さらに左手でジュウの鼻と口を塞《ふさ》ぐ。何ともあっさりと、ジュウは動きを封じられてしまった。

「ほら、簡単でしょ? あとは近くに停《と》めておいたライトバンとかの中に放り込めば完了。車の中に三人くらい待機してれば、体力のある十代後半の男子でもまず逃げられない。スタンガンを使う手もあるし、一度か二度の吸引で眠らせる睡眠薬なんかもあるし、誘拐って一般に思われてるよりずっと簡単なんだよ。相手が幼い子供なら、もっと簡単だね」

ジュウを解放し、雪姫は何でもないことのように説明する。

「……なるほどな」

雪姫に摑まれた手首をさすりながら、ジュウも納得した。雪姫の腕力は平均レベルのものでしかないが、それでも不意を突かれたらジュウでさえこうなってしまうのだ。これが六歳程度の子ならもっと簡単だ、という雪姫の指摘は正しいだろう。悲鳴を上げる暇《ひま》すら与えずに誘拐することも難しくはない。

「なんか慣れてるな、おまえ」

「年間のレイプ被害者の数って、柔沢くん知ってる？　犯人側の手口もある程度は知ってないと、防御《ぼうぎょ》はできないもんなんだよ。都会で生きる乙女《おとめ》なら、これくらい常識。特に、あたしは一人暮らしだからさ、いろいろと用心してるわけ」

ジュウは、これまた納得した。

「誘拐がたいして難しくないのはわかったが、それでもやっぱり多すぎないか？　全部で三十四件だぞ。これだけ続けて、ろくに目撃者もいないなんてあり得るか？」

「んー、そうだなあ」

雪姫は、右手の指を一本ずつ立てていく。

「考えられるのは四つ。一つ目は、犯人は物凄《ものすご》く運が良くて、たまたま上手《うま》くいってるラッキー野郎の可能性。二つ目は、犯人は物凄く頭が良くて、完璧《かんぺき》な計画を練って実行している可能性。三つ目は、犯人は何かしらの特殊能力を使っている可能性。四つ目は……」

雪姫はそこで言葉を切ったが、ジュウが待ってもその先は言わなかった。

「四つ目は何だよ?」

「あー、忘れちゃった」

ごめんごめん、と謝る雪姫。

「どうも難しいこと考えるの苦手なんだよね」

「まあ、三つ目は絶対あり得ないな」

「だろうね。他人の眼球を強奪できるほどの特殊能力を持つ奴なら、とっくに何処かの組織に属してるもんだし、未《いま》だに野放しなんてあり得ないよ」

ジュウが言ったのはそういう意味での「あり得ない」ではなかったのだが、訂正《ていせい》はしなかった。雨の友人だけあって、雪姫の脳内はファンタジックなものが満載なのだろう。

「一つ目も、まずあり得ない。常識的に考えれば二つ目だ」

何かの衝動で繰り返しているにしては、上手くいき過ぎている。

犯人は頭の切れる奴だろう。それと同時に頭の線がキレた奴だろう。

いかれた行動を正気で実行できるような、そんな人間。

「どうせ、何かドロドロしたマイナスの感情の捌《は》け口にとか、そういう類《たぐ》いの奴だろ」

「感情にプラスもマイナスもないと思うけど」

「そうか?」

「希望によって何かが失われたり、絶望から何かが生まれたりすることだってあるかもしれないしね。一概《いちがい》に決めつけてしまうのは危険じゃないかな」

どこまで本気なのかわからない雪姫だったが、その発言には聞くべき点があるような気もした。少しだけ、発想が雨に近いような気もする。あるいは、そうした部分こそが、彼女たちが友人であり続けられる理由であるのかもしれない。

「おまえは、犯人の目的は何だと思う？　警察の考えじゃ、猟奇《りょうき》的な嗜好《しこう》の持ち主ってことでまとまってるみたいだが」

「んー、なんだろうねえ」

夏休み前の事件を思い出す。

あのときの犯人の行動原理は、納得しがたいものだった。

天気予報を基準に殺人を犯すという、独自のルールに従っていた。

えぐり魔もそうなのだろうか。

何かのルールに従って動いているのだろうか。

幼い子供を誘拐し、眼球を奪い去る犯人。そこにどんな理由があろうと、ジュウは許す気はなかった。そんなのは許せない。

地道な作業の第一歩は、こうして始まった。

退屈な数学の授業。ジュウはいつもなら寝ているのだが、今日はむしろ精力的に頭を働かせていた。といっても、その内容は授業とは無関係。考えをまとめるため、ろくに黒板を写してもいない白いノートに書き出してみた。

えぐり魔は子供の目をえぐり取る。

何のために？

犯人の目的は何だ？

そこまで書いたところで顔を上げ、もうすぐ定年退職らしい数学の教師を見ながら、指でシャーペンを回した。窓から差し込む陽光が、教師の白髪に反射して少し眩《まぶ》しい。

えぐり魔は、ただの愉快犯《ゆかいはん》ではないだろう。遊びでやってるようには思えない。もしかしたら、子供が目を失うことを喜ぶ、最悪の趣味を持つ人間である可能性もあるが、それにしたってここまで続ける理由は何だろうか。

三十四人は多すぎる。どんな理由ならあり得るのか。

嫌な思考だな……。

子供の目を奪う理由を真面目に考えている自分に、ジュウは嫌気がさしそうになった。

夏休みの終わり頃、怪我《けが》が治って退院したジュウに、雨は言ったものだ。

「あなたが闇を見ているとき、闇もあなたを見ている。古い賢者《けんじゃ》の言葉です。そうしたことに関わる者は、自分の立ち位置をきちんと定めておかなければ、やがては同種に染まってしまうかもしれない、という意味の警告です。だからジュウ様、どうかお気をつけください。ご自分がどちら側にいるのか、常《つね》にご確認を」

大袈裟《おおげさ》なことを言う女だ、とそのときは思ったものだが、今は何となく言わんとしていることがわかる。なるほど、こういう作業を続けていれば、そのうち犯罪者の心を理解できるようにもなるだろう。そしてそれは、自分の思考の一部を侵《おか》し、脳に居座ってしまう。

犯罪心理を研究する学者の中には、凶悪犯と接し、その思考をトレースしているうちに理解を示すようになる者もいるという話だ。百人の女を強姦《ごうかん》しながら絞《し》め殺した男の人権を守ろうと、本気で世間《せけん》に訴えた学者もいるらしい。最初から研究対象と距離を置き、割り切って考えていれば済むようにも思えるが、割り切りながら真剣に取り組むなんてことが可能だろうか。

教師がこちらを見ながら、黒板の問題を解くよう指名したそうにしているのに気づき、ジュウはさっと目を逸《そ》らした。

隣に座る別の生徒が指名され、席を立って黒板に向かった。

ジュウは再びノートに視線を落とす。犯人がこだわるのは「子供の目」なのか、それとも「子供の目を奪うという行為」なのか。奪った子供の目に使い道があるとすれば何か。

何かの宗教の儀式に使う、というのはどうか。オカルト物の映画に、そういうものがあったような気もする。犯人はそれに影響を受けたマニアで、それを実践《じっせん》してみたくなったとか。もしくは、本当にそういう宗教が実在するのか。

コレクターという可能性もある。犯人の家の冷蔵庫を開けると、中には子供たちから奪った眼球がぎっしりと並んでいるのだ。ホラー映画にありそうなシチュエーション。

犯人が複数である可能性はどうか。異常者が一人でやってるにしては犯行の手際が良すぎるし、仲間がいた方がより確実に子供の誘拐から解放まで、計画的に実行できるだろう。異常者同士が徒党《ととう》を組むことなどあり得るのか。

資料を見る限り、今までに相当な数の容疑者が連行され、徹底的に取り調べが行われたようだが、全てシロで、有力な証言もゼロ。未だに、犯人に繋がるような手がかりは見つかっていない。犯行の間隔《かんかく》も場所もまちまちで、一定のパターンはない。

いったい誰が、どうやっているんだろう?

子供を誘拐して、眼球を摘出し、解放する。

そんなことを一日程度でこなしてしまう犯人、あるいは犯人たち。

どんなに考えても、警察に捕まらずに長く続けられるわけがないと思う。

「柔沢、問七を解いてみろ」

数学の教師に当てられたジュウは、ゆっくりと立ち上がると、つぶやくように言った。

「……わからない」

「もういい、座れ」

不愉快そうに言われたが、ジュウはそれが聞こえなかったかのように、もう一度つぶやいた。

「……わからない」

犯人は何を考え、どうやって続けているのだろう。

昼休み、昼食を早々と済ませたジュウは、入学して以来初めて、ある場所に足を踏み入れることにした。図書室だ。二階まで下りてから廊下を渡り、校舎の端に向かう。

そこで迎えてくれたのは沈黙。扉を開けた音に敏感に反応した生徒たちの視線が一斉《いっせい》にジュウに集まり、それが柔沢ジュウだとわかると一斉に逸らされた。

昼休みを図書室で過ごす生徒は、思ったよりも多い。読書を好む、ジュウとは縁遠《えんどお》い生徒たちからすれば、ジュウの存在は邪魔でしかないだろう。

ジュウは受付に歩み寄り、そこにいる図書委員の女子生徒に声をかけた。

「おい」

「……は、はい」

彼女は受付の中で二歩下がった。

どうしてあんたみたいな野蛮《やばん》な男がここにいるの、こっちに来ないで、話しかけないで、とその目は語っていた。

この学校の生徒としては普通の反応だ。

ジュウを恐れないのは雨くらいのものである。

苦手な作り笑いを浮かべ、ジュウはなるべく穏《おだ》やかに言った。

「探してる本があるんだ。何処にあるのか教えてくれ」

「は、はあ……」

嫌そうではあったが、彼女は仕事を放棄《ほうき》したりはしなかった。机の上のパソコンを操作し、本がどの本棚にあるのか検索する準備を整える。

「題名は何です?」

「何でもいいから、とにかくミステリーだ」

「何でもいいと言われても……」

「不可能犯罪を扱ってるようなやつを読みたい。短くて、簡単で、読みやすいのを何か探してくれ。頼む」

その難しい注文に、彼女はよく応《こた》えたと言えよう。へたな対応をしたらジュウが怒り出す、とでも思ったのかもしれない。彼女はパソコンではなく己《おのれ》の知識を動員し、二冊のミステリー小説を本棚から抜き取り、ジュウの前に持ってきた。

「これなんか、いいと思いますよ」

「簡単に読めるか?」

「小学生にも読めます」

それは嫌味だったのかもしれないが、ジュウは礼を言ってその本を受け取り、読書中の生徒たちのいるテーブルの端に腰を下ろした。

周りは迷惑そうにジュウの方を見ていたが、気にしないで本を開いた。まずはあらすじを読む。漢字には全て振り仮名が振ってあり、たしかに読みやすかった。事件の詳細《しょうさい》を読むと、ジュウはいきなりラストの方のページまで飛び、解決編に目を通した。ミステリーの楽しみ方としては反則だが、ジュウはそんなマナーなど気にせず、同じやり方で二冊を消費した。

ミステリーを読むのは初めての経験であり、面白《おもしろ》いかどうかはよくわからなかった。不可能犯罪が起こり、探偵役のキャラが捜査し、犯人を見つけて物語は終わる。その流れが基本だ。

ジュウが知りたかったのは、どういう不可能犯罪があり、それをどうやって解決しているのかということだった。本に書かれていた犯罪は、どれも奇天烈《きてれつ》で想像もしないようなもの。その事件を、探偵役のキャラは見事に解決している。

読んでわかったことは一つ。

どんな不可能犯罪に思えても必ず解決できる、ということ。そこから考えれば、フィクションの世界よりも遙《はる》かに制約のあるこの現実世界で起きた犯罪が、解決できないわけがない。宇宙人や超能力者など、超自然的な力が絡《から》んでいるわけではないのだ。

加害者は人間。被害者も人間。

ならば、その事件を人間が解決できない道理があるだろうか。

説明はつくはずなのだ。今わからないのは、まだ考えが足りないから。

ミステリー小説から勇気をもらったジュウは、それを持って受付に行き、図書委員の子にもう一度礼を言った。

「助かった。ありがと」

「い、いいえ……」

ジュウから返された本を手に、彼女は目を丸くして驚いていた。

上級生グループも恐れる校内一の不良であるジュウが、まさかこんな素直な態度を取るとは思わなかったらしい。

「柔沢くんて意外と……」

「ん？」

「……な、何でもない。またどうぞ」

相変わらず女はよくわからない。

夏休み前に殺人事件に関わったことで、さらにイメージが悪くなってるのかもな、とジュウは思った。周りにいた生徒たちが自然に空《あ》けた道を進み、ジュウは図書室の扉を開けた。

堕花《おちばな》雨がいた。

「ジュウ様」

「お、おう、偶然だな、こんなところで……」

雨は胸に本を抱えており、それを返却しに来たようだった。

本のタイトルには『人喰《く》いの恋』とあり、小説か何からしい。

「珍《めずら》しいですね、ジュウ様がここを訪れるなんて」

「まあ、たまには本でも読んでみようかと思ってな」

「良い本はありましたか？」

「どうも合わないな、やっぱり」

ジュウは腕時計を見ることで雨から視線を外し、昼休みが残り十分だと確認。

「そんじゃ、俺は教室に戻るから」

と歩き出そうとしたジュウを、雨は呼び止めた。

「ジュウ様」

無視すればいいものを、律義《りちぎ》に止まってしまう自分が恨《うら》めしい。

「何だ？」

「雪姫とは、仲良くしていますか？」

「まあ、それなりに……」

「そうですか」

気のせいだろうか。

雨の声は、いつもより生気《せいき》が薄く感じられた。どことなく元気がない。

「おまえ、風邪《かぜ》でも引いてるのか？」

「いいえ」

雨は、首を横に振った。

ひょっとして、俺が雪姫と付き合うと言ったことが関係している？

まさか、とジュウはそれを否定した。

それはないだろう。俺とこいつは、そういう間柄《あいだがら》ではないのだ。

「今度さ、何か面白い本があったら、俺にそれを話してくれよ」

何となく彼女の様子が不憫《ふびん》に思えたので、ジュウはそんなことを言ってみた。

「お読みにならないのですか？」

「おまえ、話すの上手いし、それを聞いた方が読むより楽だからな」

随分《ずいぶん》と自分勝手な理由だが、雨はそれを不快には思わなかったらしい。

むしろ、ほんの少しだけ、彼女に生気が戻ったようにも見えた。

「……わかりました。機会がありましたら、必ず」

「ああ、任せる」

ジュウは雨と別れ、教室に向かった。


資料をもとに動き始めて二日目。

ジュウと雪姫は、住宅街の中にある公園を訪れていた。周りにいくつもの団地が建ち並ぶ、いわゆるベッドタウン。住人が多いということは子供の数も多いということ。少子化が進み、日本人は緩《ゆる》やかに滅び始めていると警鐘《けいしょう》を鳴らす学者もいるが、ジュウの見る限り、まだまだそんなふうには思えなかった。

夕方の公園を、子供たちは元気に駆け回っている。親たちは知り合い同士で集まっているが、それとなく自分の子供の行方は目で追っているので問題ないのだろう。なかには話に夢中で、自分の子供から完全に目を離してしまっている親もいるようだったが。

「おーい、柔沢くん！　こっちおいでよ」

ブランコに乗った雪姫がジュウを手招きする。

ジュウは仕方なくそちらに足を向け、周囲に注意を払いながら進んだ。

ここで第二の事件が起きたのだ。

時間もちょうど今頃で、買い物帰りの主婦や子供たちが公園にはたくさんいたという。そのなかで、子供が一人消えた。解放されたのは翌日で、発見されたのは団地の駐車場。やはり眼球が奪われていた。

資料によると、その時間、怪しい人物を見かけたという証言は多数あったが、それは大半が帰宅途中のサラリーマンか宅配業者で、全て外れだったらしい。親がたまたま目を離した隙《すき》を狙った犯行。この状況を見ると、不可能とまでは言えないだろう。ここから子供が一人消えたところで、すぐに気づくとは思えない。

ジュウは雪姫の隣のブランコに腰かけると、静かに地面を蹴《け》った。

楽しそうにブランコを揺らしながら、雪姫が言う。

「知ってた？　統計によると、両親が揃《そろ》ってて子供がいるっていう家庭は、アメリカだと全体の三割にも満たないんだって」

「そりゃあ難儀《なんぎ》だな」

「それが先進国の宿命なら、日本もそのうちそうなるのかな?」

「俺の家は、とっくにそうなってるよ」

「柔沢くんのご両親て、離婚してるの?」

「知らねえ」

「お父さんはどういう人?」

「よく知らねえ」

「お母さんは?」

「変なババア」

「嫌いなの?」

「そういう単純な感情を持てる相手じゃない」

「ほほう、悩める思春期ですなあ」

雪姫と話しながらもジュウの視線は動き続けていたが、特に何が得られるというわけでもなかった。ここに手がかりがあるなら、先に警察が見つけているだろう。事件発生の現場を見て回ることは無意味とは思わないが、はたしてどれだけの意味があるのかはジュウにもわからない。

こうしていてジュウが気づいたことといえば、遊んでいる子供たちの中に何人か、メガネを持て余し気味の子供がいるということくらいだった。明らかにメガネをかけ慣れていない。週刊誌で一時期報道されていた「メガネをかけている子供はえぐり魔に狙われない」という説を信じた親が、無理にかけさせているのだろう。たいして信憑性のある説でもないので、全体としてはかなり少数派のようだったが。

メガネの有無《うむ》は、えぐり魔が子供を選ぶ基準になっているのだろうか。たしかに、今まで狙われた子供たちは全員、メガネをかけてはいない。

それには犯人側の事情があるのか。

「元気ないね。こーんな可愛《かわい》い女の子と二人きりでいるのにさ」

「もう六時か」

「うわ、真顔《まがお》でスルーされた」

ジュウは地面を蹴ると、ブランコを大きく揺らし、雪姫と高さを合わせた。

顔に当たる向かい風が気持ちいい。

幼い頃の感覚を、ほんの少しだけ思い出す。

「柔沢くん、何か思いついた？」

「何も」

「そっか。でも、柔沢くんの行動はそれほど無駄じゃないと思うよ」

「慰《なぐさ》めはいらねえ」

「慰めじゃないよ。だってこうしていれば、少なくとも事件の再発は防げるわけでしょ？　あたしたちみたいのが見回ってたら、もし犯人がいても動きにくいはず」

「同じ場所で二度もやるもんか」

「みんなもそう思ってるみたいだね」

雪姫が目を向けた先には、世間話に花を咲かせる主婦たちがいた。

「だから警戒心《けいかいしん》が薄い。子供もほったらかし」

ここで事件が起きたのはもう二年以上も前だ。そのときに抱いた危機感を今も持続していないことを非難するのは勝手だが、たいていの母親はそんなものなのだろう。

公園が閉鎖《へいさ》されるわけでもなく、時の流れで危機感は風化し、今や平和な光景がある。ずっと危機感を持ち続けるのは心身ともに多大なストレスになるのだから、これが自然の成り行きということだろうか。

「いいよねえ、堕落《だらく》って」

「おまえな……」

ジュウは雪姫に何か言ってやろうとしたが、いつのまにかブランコの周りに子供たちが集まっていることに気づく。高校生がブランコで遊ぶ様子が珍しいのか、はたまた自分たちの遊具を取られて恨めしいのか、子供たちは二人のことをじっと見ていた。

ジュウは地面に足をつけてブランコの揺れを止めると、何となく訊いてみた。

「おまえら、えぐり魔って知ってるか？」

子供たちは顔を見合わせた。

「しってるよな？」

「オバケ！」

「目をとるんだよ」

「すっげーつよいって」

子供たちにとってのえぐり魔は、かつての口裂け女や人面犬《じんめんけん》と同レベルの存在らしかった。えぐり魔の犯行は、たしかに都市伝説になってもおかしくはない雰囲気《ふんいき》がある。親たちも、異常者がいると説明するより、そういうオバケがいると説明する方が無難だと判断したのだろう。

苦笑するジュウの顔を見上げながら、子供たちの中の一人が言った。

「おにいちゃんたち、コイビト？」

テレビや漫画で学んだ言葉を、すぐに使いたがるのが子供だ。

返答に困るジュウの隣で、雪姫が答えた。

「そうだよ。あたしたち恋人さ」

ジュウの睨みを涼しい顔で受け流し、ブランコを揺らしながら雪姫はアハハと笑う。

「じゃあ、ケッコンするの？」

「するよ」

「しねえよ！」

「ひっどーい、柔沢くん。お腹の子供はどうするのさ」

「話を広げるな！」

ジュウが怒鳴ると、子供たちは口々に「リコンだリコンだ！」と騒ぎ出した。

まったく最近のガキは……。

いや、自分がガキの頃もこんなものだったか。

それが、どうしてこんな自分になってしまったのだろう。

「ねえ、こどもってどうやってつくるの？」

「それは愛する二人がお布団《ふとん》で……」

「余計な知識を与えるな！」

「えー、大事なことだよ」

夕日に赤く染まる公園で、雪姫や子供たちと戯《たわむ》れながらジュウは思う。

これでいいんだろうか。


雪姫との捜査を始めて最初の日曜日。

二人が訪れたのは、都内にあるデパートの屋上だった。天気も良く晴れ渡り、溢《あふ》れんばかりの人だかり。親子連れやカップルがほとんどを占め、とにかく活気に満ちていた。休日を楽しもうという笑顔がそこかしこに見られるなか、ジュウはその陽気に逆らうように険しい表情で周りに注意を払っていた。

「柔沢くん、うどんが伸びちゃうよ」

ジュウの向かい側の席に座る雪姫が、丼《どんぶり》からすくったうどんをズルズルとすする。

「美味《おい》しいうちに食べなきゃ」

「……ああ」

渋々《しぶしぶ》ながら、ジュウも食事に集中することにした。

ちょうどお昼頃に着いたので昼食を取ることにしたのだが、ホットドッグでもいいだろうというジュウの意見に対し、雪姫はうどんが食べたいと主張。うどん屋の前にある長い行列を指差し、一緒に並ぼうよと押し切った。そして十五分ほど並んでうどんを買い、二人はテーブルで食べ始めた。

繁盛《はんじょう》しているだけあってうどんは美味《うま》かったが、ジュウは浮かない顔。

こんなことしてる場合じゃない、と思うのだ。

それと同時に、焦《あせ》っても仕方がない、とも思う。

とにかく地道にやるしかないわけであり、最初から大きな成果を期待するべきではないだろう。やるだけやった、という満足感を得るための虚《むな》しい作業かもしれない。それでも、何もやらないよりはずっとましだと考え、ジュウは発泡《はっぽう》スチロール製の丼を持ち上げてうどんの汁を飲んだ。

ジュウを急《せ》かしたわりに、雪姫はまだ食べ終わっていなかった。大盛りを頼んだからだ。

丼をゴミ箱に放り投げたジュウは、雪姫の食事風景を眺める。下品ではないが、どうにも子供っぽい食べ方だった。自由奔放《ほんぽう》のように見えるが、それは彼女の一面でしかない。斬島《きりしま》雪姫という少女は、なかなか奥が深そうである。

「食べるの好きか?」

「好きだよ。好きな人と一緒なら、何を食べても美味しいしね」

雪姫の態度がどこまで本気なのか、まだよくわからない。夏休み前の一件から、自分に向けられる好意にいささか懐疑《かいぎ》的になっているジュウとしては、その種のことには警戒してしまうのだ。

「はー、美味しかった。ごちそうさま」

と胸の前で手を合わせ、雪姫は丼をゴミ箱に捨てた。

ジュウは移動しようとしたが、何処もかしこも人だらけで適当な隙間《すきま》が見つからず、しばらくはテーブルにいることにした。

ここでも、えぐり魔による事件が起きたのだ。日曜日のお昼時。ちょうど今のように混雑している状況で、子供が一人消えた。そして眼球を奪われてから、解放された。

これだけの人だかりだ。親とはぐれて迷子になる子供は多いだろうし、店員もその対応に追われている。今も、迷子の呼び出しが放送で行われていた。親と手を繋ぐ者、足元をちょろちょろと歩く者、やたらと走り回る者、遊具にしがみついたまま寝ている者、かくれんぼで遊んでいる者。こんな中で幼い子供が一人行方知れずになる事態など、簡単にあり得そうだった。親を装い、寝ている子供を抱きかかえて姿を消す者がいても、それを犯罪と結びつけて考えることができるだろうか。他人に不干渉《ふかんしょう》が都会のルール。多少疑わしくとも見て見ぬふりをし、己の日常を守る。そういうものだ。

「懐かしいなあ」

眩しい日差しを手で遮《さえぎ》りながら、雪姫が遠くを見る。ジュウもそちらに目をやると、ステージの前に子供たちが集まっていた。その後ろには親たちもいる。どうやら何かのショーでもやるらしい。しばらく待っていると、スピーカーからノリのいい曲が流れ出し、子供たちがそれに合わせて歌を口ずさみ始めた。

雪姫までそれに倣《なら》ったので、ジュウはギョッとした顔で彼女の方を見た。

「これ『爆笑戦隊ジョークマン』の主題歌だよ。ただ戦うだけじゃなくて、お笑いで世界を救うって発想が面白いんだよね。俳優がイケメン揃《ぞろ》いで、主婦層にも大人気。特にブルー役の人が美形なの」

「子供向けだろ?」

「女の子は、いくつになっても女の子だもん」

ニコニコ笑いながら、雪姫は楽しそうに歌を唄《うた》っていた。知らない曲だが、雪姫の唄が上手いのだけはわかった。

ショーが始まり、ステージの上では着ぐるみの怪人が巨大なハサミを振り回し、子供たちを怖がらせようと奮闘《ふんとう》していた。子供たちの反応は様々で、それを笑う者もいれば本気で泣き出す者もいる。我が子のそうした様子を、親たちは後ろで見守っていた。ショーに無関心な家族も多かったが、スピーカーから流れる音量が大きいので、嫌でも子供の目が向いてしまうだろう。それを嫌って屋上から退散する親子もいる。残りたがる我が子を無理やり抱きかかえ、出て行く姿も見えた。

子供を誘拐するチャンスは、意外と多いように思える。日本は基本的に安全、と大多数の人は信じ込んでいて、凶悪犯罪が増加の一途《いっと》を辿《たど》る現在に至《いた》ってもその風潮に変化はない。もはや国民性と言ってしまってもいいほどだ。

ジュウは平和ボケを大歓迎していたが、それが正しいことなのかどうかまでは自信がなかった。

ステージの上では、カラフルな衣装を着たヒーローたちが登場し、怪人との戦いが始まっていた。子供たちからの歓声が上がり、屋上の空気も一気に高揚する。

「昔はさ、ヒーローが本当にいると思ってたよね。悪い奴をやっつける正義の味方がいて、みんなを守ってるんだって」

「ガキの頃はな」

「でも大人になると、本当はそうじゃないってことを知る。この世に悪の手先はいるけど、正義の味方はいないという現実をね」

「それが大人になるってことだろ」

雪姫は、ヒーローショーで盛り上がる子供たちを見ながら言った。

「不思議だよね。どうして実在しないものを、子供たちに信じさせるんだろう？　本当は何処にもいない正義の味方を、いると信じさせるんだろう?」

その問いには、ジュウも答えられなかった。

教育上の理由?

正義の味方の存在を信じさせることが、子供たちのためになるのか?

ヒーローなんてものはおもちゃメーカーが商品を売るための広告塔でしかなく、そこに重要な意味を求めるなんて馬鹿げている。

じゃあ、正義の味方は馬鹿げているのか?

悪の手先は実在するのに。人々を苦しめているのに。

子供の目をえぐっているのに。

正義の味方は馬鹿げているのか?

そんなことはない、とジュウは思う。

昔、道で足の悪い老人に絡んでいる連中を見たとき、そいつらが老人から財布を盗み取るのを見たとき、ジュウは何も考えずにそいつらを殴り飛ばしたことがある。

それは心に根づいた正義がやらせたものか。

幼い頃に見ていた番組の影響か。

「そういえば、昔、うちのババアに訊いたことがあったっけな……」

ねえ、お母さん。正義の味方って本当にいるの?

まだ小学生にもなっていない頃、幼いジュウは紅香にそう訊いた。

バーカ。そんなもんいるわけねえだろ。

紅香はタバコを銜《くわ》えたままそう答えたが、それを聞いた息子の様子があまりにも哀《あわ》れに見えたのか、答えを補足した。

いいか、ジュウ。この世に正義の味方はいない。でも、それでいいんだ。正義の味方はいなくていい。むしろ、いてはいけないんだ。

どうして？

そんなもんがいたら、みんなそいつに頼っちまうだろ？　それじゃあ、人間はダメになる。だから、正義の味方はいらない。正義の味方がいないからこそ、わたしたちは悪を憎《にく》み、正義を愛する。そう努力するのさ。

紅香の言葉の意味が、その当時のジュウには半分も理解できていなかったが、今ならわかるような気もした。

「ステキなお母さんだね」

「実際に本人に会ったら、きっと幻滅《げんめつ》するよ。いつもいつも身勝手で、どうしようもなく迷惑な性格で、こっちの気持ちなんか少しも考えない女で……何だよ？」

雪姫はテーブルの上で頬杖《ほおづえ》をつき、ニコニコしながらジュウを見ていた。

「お母さんの話をしてるとき、柔沢くん子供みたいな顔してる。なんか可愛い」

冗談じゃない、とジュウは手の平で顔をこすった。

雪姫は穏やかに微笑む。

「柔沢くんは意外と真面目だから。それは魅力だけど、欠点でもあるね」

「俺が真面目?」

「君は、ちょっと難しく考えすぎだと思うよ。今回の件もそう。それが問題をややこしくすることもあるのに」

「……どういう意味だよ?」

「それは自分で気づいて」

ニッコリ微笑み、ジュウを突き放す雪姫。

出会ってからまだ短いが、本当に掴み所のない性格だった。優しいようで厳《きび》しく、バカみたいだが意外と賢《かしこ》い。相手に自然とそう思わせるところが、彼女の怖さでもあるのだろう。

あの堕花雨の友人をやるくらいだ。いろんな意味で、普通の少女ではない。

スピーカーからまたテーマ曲が流れ出した。どうやらショーが終わったらしいが、子供たちはステージ前から散る様子がなく、そうしているうちに列ができ始めていた。

列の先頭には、赤い色のコスチュームを着たヒーローが立っている。

「柔沢くんも行こうよ、せっかくなんだし」

「何だ、あれ?」

「握手会」

「絶対嫌だ」

待ってよー、と追いすがる雪姫を無視して、ジュウはさっさと屋上から移動した。

デパートを出たジュウはポケットから資料を取り出し、雪姫は日差しを避けるように野球帽を深く被《かぶ》り直した。

「次の場所は、ここから遠いな」

住所を見ると電車で一時間ほどの距離。そこからさらに歩くようだ。

陽はまだ高いので、時間は大丈夫だろう。

駅に向かって歩き出した二人は、すぐに人の波に呑《の》みこまれた。デパートの前では政治家が宣伝カーの上で演説中。名前は忘れたが、ジュウもテレビで見たことのある顔だった。その支持者らしき人たちと、それを取り囲む野次馬《やじうま》でなかなか身動きが取れない。前にも後ろにも進めず、立ち往生《おうじょう》している買い物客も多かった。

仕方なく、ジュウは地下道に下りることにした。地下は少しは空調が効《き》いているので、いくらか汗も引く。外よりは混雑の少ない道を進んでいたジュウは、ふと気になる光景を目にした。都会人特有の早足で進む人波から外れるようにして、通路の端を進んでいる者がいる。一人は男で、もう一人は小さな女の子。ジュウは最初、その女の子の方に目が行き、彼女が手に白い杖《つえ》を持っていることに気づいた。杖の先で地面をこするようにしながら道の段差や壁の位置を確認し、ゆっくりと進む女の子。その目が両方とも閉じられていることから、女の子の目が見えないとわかる。保護者らしき隣の男は、黙って女の子の歩く様子を見ていた。

その男の顔に、ジュウは見覚えがあった。

草加聖司だ。あの日は遠目だったためわからなかったが、細いフレームのメガネをかけた、やや神経質そうな顔立ちの男だった。背丈《せたけ》はジュウと同じくらいか。

資料にあった顔写真を思い出し、草加の連れている女の子と照らし合わせる。間違いない。今あそこにいる幼い女の子は、草加恵理だ。えぐり魔によって目を奪われた最初の子供。事件当時は四歳だったのだから、今は六歳だろうか。

心臓の鼓動《こどう》が速くなり、呼吸が乱れた。

そんなジュウの背中を、雪姫は手の平でポンと叩《たた》く。

「柔沢くん、リラックス」

「……わかってる」

少し落ち着きを取り戻したジュウは、視線だけで草加の姿を追った。

これで、資料にある草加聖司と雨の家の前で見た男が同一人物であるとハッキリした。

さてどうするか、というジュウの逡巡《しゅんじゅん》をよそに、雪姫はいきなり行動に出る。

「どーも、草加さん、お久しぶり」

「君は……」

草加はジュウと雪姫を交互に見てから、笑みを浮かべて近づいてきた。

「久しぶりだね、斬島さん」

「雨には手紙とかくれるのに、あたしには何にもなしですもんね」

「いやあ、それは……」

二人の会話を聞いた恵理は、「誰?」という顔で草加の方を見上げた。

「叔父さんの知り合いだ」

その説明だけで納得したのか、恵理はおとなしく待つ。

「そちらの彼は、柔沢くんだったね」

どう挨拶《あいさつ》しよう、と思っていたジュウの機先を制するように、草加はそう言った。

「何で俺の名前を?」

「堕花さんから聞いたよ、いろいろとね」

「……あいつから?」

あえてジュウの問いを無視して、草加は雪姫に言う。

「子守の現場とは、なんとも恥《は》ずかしいところを見られてしまったね」

「別に恥ずかしくなんかないですよ。そちらは、姪御《めいご》さんですか?」

資料を読んで既に知っているのだが、何食わぬ顔で雪姫は尋ねる。

「ああ、これは姪の恵理だ。今日は、姉が親戚《しんせき》の見舞いに行ってしまってね。この子の散歩に付き合うことになったわけさ」

恵理は何も言わず、静かに立っていた。

ジュウが写真から受けた印象の通り、恵理はおとなしそうな子だった。会話を邪魔しないよ

うに配慮《はいりょ》しているところからすると、なかなか賢そうでもある。

俺が子供の頃なんか、自分の頭の上で交わされる大人たちの会話が不愉快で我慢できなかったもんだがな……。

ジュウがそんなことを思っていると、走っていた通行人が恵理の肩に当たり、その小さな手から杖が落ちた。

「あ……」

恵理はよほど慌《あわ》てたのか、杖を拾おうとしてそのままバランスを崩《くず》す。ジュウは恵理が床に倒れるより早く手を伸ばし、それを支えた。自分の反射神経の良さに感謝しつつ、近くでそれを傍観《ぼうかん》していた草加に鋭い視線を向ける。

「あんた、何で助けない？　保護者だろ？」

「あんた？　年長者に対する礼儀もわきまえない者とは、会話したくないね」

自分が原因で険悪になった二人の空気に、恵理はおろおろしていたが、そこは雪姫が引き受けた。恵理の前で屈《かが》むと、失われた目の高さに合わせるように顔を近づける。

「オッス、あたし雪姫」

陽気で優しい声の響《ひび》きに、恵理は少し緊張を解いた。

「美人さんだね。恵理ちゃん、いくつ？」

「……七歳」

「甘いもの好きかな？」

「えっ？」

「これなーんだ」

雪姫はポケットからキャンディを取り出し、恵理の小さな手の平に乗せた。不思議がる恵理だったが、それがお菓子であると気づくと、子供らしい笑顔を見せた。キャンディを頰張《ほおば》る恵理を、雪姫は通路を進む人たちの邪魔にならぬよう移動させ、そのまま彼女の相手を続けた。

ジュウは視界の隅でそれを確認し、心の中で雪姫に礼を言う。

草加と一対一で話せる状況を作ってくれたのだ。

「彼女は保母の才能があるな」

草加はそれだけ言って雪姫たちから視線を外し、ジュウの顔を見た。

「で、君はいったい何をそんなに怒ってるんだ？」

「どうして、あの子を助けなかった？」

「別に。特に理由はない」

自然な口調。それは草加の本音。

だからこそジュウは腹が立った。

「……あんた、保護者失格だな」

「君ごときが判定するなよ、未成年のくせに」

「未熟だからこそ、わかることもある」

「では訊くが、君には堕花さんの価値がわかるのか？」

「あいつの、価値？」

思いがけない質問。今まで考えたこともないこと。

戸惑うジュウの様子を見て、草加は声を上げて笑った。

「わかるまいよ、君ごとき凡人《ぼんじん》には」

「ケンカ売ってんのか！」

「何だ？　大声を出せば、相手が怯《ひる》むとでも思ってるのかい？」

ジュウが拳《こぶし》を握ると、草加も身構えた。

二人の次の行動は、恵理の泣き声によって中断された。不穏《ふおん》な空気を敏感に察知《さっち》した恵理が、泣き出してしまったのだ。雪姫がなだめても泣き止《や》まず、草加は肩をすくめ、ジュウは怒りを無理やり呑み込んで恵理に近寄った。

「悪かったな、怖がらせちまって」

ジュウに頭を撫《な》でられると、恵理は一瞬だけ怯《おび》えたが、しばらくして落ち着いたようだった。鼻をすする彼女の頭を、ごめんね、と今度は雪姫が撫でた。

その様子を冷めた眼差《まなざ》しで眺めながら、草加は言う。

「少し前に、恵理はちょっとした事件に巻き込まれてね。それからというもの、ずっとこんな調子なんだ。やたらとよく泣く。困ったものさ」

まるで労《いたわ》りの気持ちが込められてない草加の口調にジュウは反発を覚えたが、何を言うべきかわからない。

そんなジュウの心情を察したのか、雪姫が代わりに口を開いた。

「それって、えぐり魔事件ですか？」

言いにくいことも躊躇《ちゅうちょ》せずに言うのが雪姫という少女。

草加は、不愉快そうに顔を歪《ゆが》める。

「……そうだが、それが何か？」

「あたしたち、実はえぐり魔を捜してるんです」

「……君たちが？」

草加は呆気《あっけ》に取られていたが、次の瞬間には大笑いしていた。

「なあ、恵理。このお兄ちゃんたちは、えぐり魔を、おまえの目を奪った犯人を捜してるんだとさ。何か応援の言葉をかけてやれよ」

いちいちムカツク奴だ。

再び拳を握ろうとするジュウに、恵理が鼻をすすりながら言った。

「……ホント？」

小さな声には、真剣な響きがあった。

「ホントに、捜してるの？」

「ああ」

ジュウは頷いたが、彼女の目が見えないことを思い出し、その小さな手を握った。

「本当だ」

「じゃあ、じゃあ、見つけたら、その人に言って……」

閉じられた瞼《まぶた》から涙を流しながら、恵理は願いを口にする。

「もう、こんなことはやめてって」

彼女は知っているのだ。自分が最初で、それから先もまだ事件は続いていることを。ずっと続いていることを。自分のような子供が、たくさんいることを。

「わかった」

ジュウは、恵理の小さな手を両手で握り締めた。

「見つけたら、そう言ってやる。絶対言ってやる」

ほんの少しだけ、恵理の顔に笑みが戻った。ジュウはそれが嬉しかった。

その感情を、背後から草加の冷笑が切り裂いた。

「まあ、せいぜい頑張ってくれ」

強引にジュウの手から恵理を引き離すと、草加はジュウを無視して雪姫にだけ軽く礼を言い、地下道を進んで行った。人込みに紛《まぎ》れ、その姿はすぐに見えなくなる。

ジュウは拳を握った。ただの怒りではなく、固い決意を込めて。

やってやろうじゃないか。

活力が戻り、歩き出したジュウの隣を、雪姫は笑顔でついて行った。

第4章　妄想の繭《まゆ》

幸いに、というのも変だが、ジュウの行動は未《いま》だ雨《あめ》にはバレていないようだった。ジュウは学校でも帰り道でも雨の前では無難に振る舞い、えぐり魔事件のことなど一言も話題にしなかった。

正直に言えば、雨に対して罪悪感のようなものが、少しはある。

彼女を仲間外れにしているような後ろめたさ。もちろん、悪意があってしているわけではないが、悪意の有無《うむ》はこの際関係ないだろう。彼女を遠ざける理由にはあの草加《くさか》も絡《から》んでおり、そうなると途端《とたん》にジュウは意気地《いくじ》がなくなった。自分でも驚くほど弱い部分が表面に浮かび上がり、ジュウの行動を制限してしまう。

情けない、弱い自分を自覚する。

「ジュウ様」

雨の声に振り向き、ジュウは自分がまだ学校にいて、トイレに寄った帰りの途中、廊下で立ち止まっていることにようやく気づいた。

昼休みはまだ残っているし、どこかで時間を潰《つぶ》そうと思っているうちにぼんやりしてしまっていたらしい。

「……おまえか。こんなところで何してる」

「図書室に行った帰りです」

「好きだな、本が」

「本は、その形態からして気に入っています。シンプルで完成している」

雨が胸に抱えた本の表紙には、『愛したいほど殺してる』と書かれていた。多分、また小説か何かなのだろう。

廊下を通る他の生徒たちに見られているのを感じ、ジュウは人気《ひとけ》のない階段の脇《わき》に移動した。雨もそれに続き、ジュウの隣に立つ。

「もしも解けない問題があったら、おまえならどうする?」

唐突《とうとつ》な質問だったが、この少女はいつでも普通に反応する。

「どうしても解けない問題ですか?」

「そうだ。どうしても解けない問題。例《たと》えば数学でもいいが、そういう問題がテストに出たら、おまえはどうする?」

どうしても解けない問題とは、えぐり魔事件のこと。

えぐり魔事件に関するヒントでも得られないかという期待を込めた質問だった。

こういう回りくどいやり方は嫌いなのだが、そこは妥協《だきょう》する。

雨は、たいして考える素振りも見せずに答えた。

「本当に問題なのかどうかを疑います」

「疑う？」

「答えどころか、そもそもそれは問題ですらないのではないか、と疑います」

言っている意味がわかないジュウに、雨はわかりやすく言い直した。

「ただ数字や記号が適当に羅列《られつ》してあるだけで、そこには何の意味も法則も隠されていない可能性がある、ということです。そうなると問題として成立してませんから、解答など存在しない。だからどんなに考えても、解けるわけがない」

一瞬、事件を調べるジュウへの皮肉かとも思ったが、彼女がそんなことを言うわけがなかった。堕花《おちばな》雨はいつも誠実だ、柔沢《じゅうざわ》ジュウに対して。

考えるのではなく、疑う？

どういう意味か。俺の考え方は間違ってるのか？

何か摑《つか》めそうに思えたジュウの耳に、昼休みの終わりを告げるチャイムが響《ひび》いた。

たったそれだけの邪魔で、積み重ねた思考は霧散《むさん》してしまった。

そんな自分への落胆《らくたん》を、せめて彼女の前では隠そうと、ジュウはすぐに背を向けたが、雨は静かに言った。

「ジュウ様。何かお悩み事があるのでしたら、その苦しみをわたしにもお分け与えください。全身全霊《ぜんしんぜんれい》をかけて、あなたのお力になります」

ジュウは無言で片手を振り、そのまま歩き出した。

雨の言葉を嬉《うれ》しく思う自分の顔を隠すためにも、振り返るわけにはいかなかった。


学校の終わった土曜日の午後、ジュウと雪姫《ゆきひめ》は路上で販売していたホットドッグを買い、それを昼食代わりに食べながら歩いていた。テレビのニュースを見る限り、えぐり魔は出現しておらず、特に進展がないことなどを二人は話す。

「えぐり魔が出てこないのは、きっとあたしたちに恐れをなしてるんだよ」

「そんなわけあるか」

残暑の厳《きび》しさは未だ健在だが、行楽日和《こうらくびより》を楽しむ人々で街は賑《にぎ》わっていた。その喧騒《けんそう》をよそに、二人は映画館や薬局のある大通りを抜け、高速道路の下をくぐってさらに繁華街《はんかがい》を離れて行った。次第《しだい》に人気が薄れ、静かな住宅地が見えてくる。高層マンションや老朽化《ろうきゅうか》したアパート。大きなスーパーの隣には公園があり、噴水《ふんすい》の周りではしゃぐ子供たちの他に、ベンチで眠るホームレス、昼休みを取る宅配業者らしき人たちの姿も見えた。

「柔沢くん、あれ見て。新発売だって」

スーパーの前にあるコンビニを指差す雪姫。

ガラス窓に「新発売キムチ入りアイス」というポスターが貼《は》られていた。

「ねえ、食べてみようよ」

「さっき食ったばかりだろ」

「えー、きっと美味《おい》しいよ。食べようよ」

オモチャをねだる子供のように、ジュウの手を引っ張る雪姫。二人をカップルだと勘違《かんちが》いした主婦たちが、微笑《ほほえ》ましそうにこちらを見ていた。

その恥《は》ずかしさに耐えられなくなったジュウは、仕方なくアイスを買うことにした。雪姫と一緒にいると、彼女に釣られて自分がどんどん軟弱になっていくような気がする。

ジュウがアイスを買って戻ってくると、雪姫はガードレールに腰かけながら携帯電話で誰かと話しているところだった。

「うん、そう。今日も柔沢くんと一緒。えーと、今日行くところはね……」

雪姫の隣に腰かけ、ジュウは彼女の電話が終わるのを待った。

それに気づいて、雪姫は短めに話を打ち切る。

「ごめんね。円《まどか》から電話がきちゃってさ」

「別にかまわねえよ。ほら、溶ける前に食え」

とジュウはアイスを渡し、雪姫は感激したように瞳《ひとみ》を輝かせた。

「ありがとう。お礼に、ほっぺにキスしてあげる」

「そんなもんいらん」

使い捨てのスプーンでアイスをすくい、美味しそうに食べる雪姫の無邪気な様子を、ジュウはうんざり顔で見ていた。

「……おまえ、食うの本当に好きなんだな」

「うん、大好き」

「料理も得意か？」

「アハハ、できっこないよ」

そんなの当たり前じゃない、という口調の雪姫。

「切るのは得意だけど、それ以外は全然ダメ。でも、あたしが思うに、料理が苦手なのにはちゃんと意味があると思うんだよね」

「どんな？」

「例えば、料理上手の彼氏ができるとかさ」

そこでスプーンを持つ手を止め、雪姫はジュウの顔を覗《のぞ》き込む。

「ところで柔沢くん、自分で料理とかする人？」

「それなりに」

「ほらやっぱり」

何がほらやっぱりなんだ、と思ったが、もうジュウも反論しなかった。

こういうことは聞き流すのが最善だ。

公園で遊んでいた子供の一人が、雪姫の足元に来てアイスをじっと見上げた。

雪姫はそれに気づき、笑顔で言う。

「食べる？」

子供が頷《うなず》いたので、雪姫はアイスをすくったスプーンを、そっとその口に運ぶ。

「ほら、あーんして」

子供がアイスを食べると、その光景を見ていたジュウにも、雪姫はアイスをすくったスプーンを差し出した。

「ほら、柔沢くんもあーん」

「嫌だ」

「うわ、照《て》れてる」

付き合いきれないので、ジュウは顔を逸《そ》らして公園の方に目を移した。

噴水の中にまで入って遊ぶ子供たち。

楽しそうなその姿を見ていると、どうしても事件を思い出してしまう。

「おまえさ、何か勘違いしてないか？」

「何を？」

「俺は、本気でえぐり魔を捕まえたいんだ」

「のんびりとアイスを食べてるような女は邪魔？」

「邪魔だ」

「柔沢くんの方こそ、勘違いしてるよ」

「……何だと？」

「本気かどうかなんて関係ないもん」

食べ終えたアイスの容器をコンビニの前のゴミ箱に捨て、雪姫は唇《くちびる》を軽く舐《な》めた。

「あのね、何か問題があって、二人の人間がそれに挑《いど》んだとする。一人は一生懸命、それこそ命がけで問題に取り組む者。もう一人は遊び半分で、適当に問題に取り組む者。正しい解答を導き出す可能性が高いのは、どっちの人だと思う?」

「前者だ」

「ブブー、不正解」

顔の前で人差し指を振り、おまけに首まで横に振る雪姫。

「正しい解答を導き出すのは、頭のいい方だよ。調べる気持ちや姿勢なんか関係ないの。いい加減な気持ちで真理に辿《たど》り着く者もいれば、死ぬ気で頭を使っても真理のしっぽさえ摑めない者もいる。そういうものなの」

「そんなの納得いかねえ。努力が報《むく》われないなんて、おかしいだろ」

「努力が必ず報われるなら、世の中に不満を持つ人間なんていないよ」

「それは、そうかもしれないけど、でも、何かそういうのは……」

雪姫はクスッと笑った。

「君はいい人だね」

「……バカにしてんのか?」

ジュウの鋭い視線を、笑顔で受け止める雪姫。

その柔らかな空気から逃れるように、ジュウは腰を上げた。

ポケットから抜き出した資料を見る。全体の四分の一近くを調べ回ってみたが、今のところえぐり魔に繋《つな》がるようなヒントは、まだ何も得られてはいなかった。

公園から十五分ほど歩いたところで、二人は目的の家の前に着いた。

二階建ての古びた一軒家。外観は平凡で、壁の汚れやヒビの入り具合から、かなり古い建物だなというくらいの感想しか出てこなかった。たいして広くはなさそうだし、これで六人も子供がいたら狭いだろうな、とジュウは思った。

被害者は、この家の六人兄弟の末っ子である、五歳の男の子。

事件が起きたのは平日の夕方だ。子供たちが次々と学校から帰ってくる忙しさと、夕飯の準備に母親が追われているなか、男の子は家の前で一人で遊んでいたらしい。その姿は母親も一応確認している。そして、どうにか忙しさに一段落ついた頃、男の子の姿が見えないことに気づいた。近所の子供に尋ねてみたが、知らないという答えが返ってきた。男の子は人の輪に入るのが苦手で、幼稚園でも友達が少なかった。いつも必ず家の前で遊んでいるのは、寂《さび》しがりやだから。そういう子が一人で遠くに行ってしまうのは、考えにくかった。母親はしばらく近所を捜し回り、日が暮れると交番に駆け込んだ。その頃にはもうえぐり魔は知られていたので、警察も迅速《じんそく》に対応してくれた。しかし、男の子は見つからなかった。

発見されたのは翌朝。寂《さび》れた駅のホームのベンチに寝かされていた。古い駅ゆえに監視カメラの類《たぐ》いは設置されておらず、誰が置いていったのかはわからずじまい。

家を見上げながら、雪姫は言った。

「えぐり魔は、どういう基準で子供を選んでるのかな。狙《ねら》われる子供たちに何か共通点があると思う？」

「共通点か……」

ジュウは資料にある子供たちの顔写真を見た。

外見的な特徴《とくちょう》に共通点は見つけられない。あるとすれば、一部週刊誌で報道されていた「メガネをかけた子供は狙われない説」を証明するように誰もメガネをかけてないことくらいだが、それにたいした意味があるとは思えなかった。

「特になさそうだな。もしあったとしても、多分、俺たちには理解できないもんだろ」

「それがハッキリすれば、何か対策が練れるかもしれないのにね」

あまり長居して被害者である子供と出会っては気まずいので、二人は早めに移動することにした。一応、周辺を見回ることにする。

資料に基《もと》づいていろいろと現場を見てきたが、今のところ何もわかっていない。

犯人の動機も、犯行手段も、ただ想像するしかない。

……何なんだろうな、この事件は。

えぐり魔事件に、ジュウは違和感を覚えていた。

何かが変なのだ。えぐり魔という存在が、その行動が、とにかく変なのだ。

やっていることは間違いなく悪で、そこに疑う余地はない。だが、何か変だ。

鼻をつまんで料理を食べているような違和感。

どれだけ食べても、肝心《かんじん》の味がわからない。

「そうそう、光《ひかる》ちゃんの料理は美味しいんだよ」

「何だよ、いきなり」

「さっき柔沢くん、そういうこと気にしてたじゃん。光ちゃんは家庭科全般が得意なんだよね。中学のときは、それでお世話になったもん」

「そりゃ良かったな」

「光ちゃんと何かあった？」

「何もない」

「じゃあ雨と何かあった？」

「うるせえよ」

「何もないのが、逆に不満とか？」

「………」

「人間関係って難しいよね。自分の心でさえ持て余すことがあるのに、他人の心まで考慮《こうりょ》しなきゃならないし。要領を摑めば意外と楽ちんなんだけど、柔沢くんは、面倒《めんどう》くさがりやのくせに責任感があるというか、何かを割り切るのが苦手そうだよね。見捨てるのが嫌いなのかな。

それは、自分が見捨てられたくないという気持ちの裏返し？　今回の件を無視できなかったのも、そのへんの心理が働いてるとか？」

「……おまえさ、人の心に土足で踏み込むのはやめろ」

「スリッパくらいは履《は》いてるもん」

どこか紗月美夜《さつきみや》と似ている雰囲気《ふんいき》のある雪姫だが、他人との距離の取り方は美夜と違ってメチャクチャだった。無邪気すぎるのだ。隙《すき》あらばどんどん距離を縮《ちぢ》めようとする性格は、彼女に悪気がなさそうなこともあり、どうにも扱《あつか》い難《づら》い。

ジュウは小さく舌打《したう》ちし、何か言おうとしたが、雪姫の指先がその唇に押し当てられた。睨《にら》もうとしたジュウに「静かに」と目で訴え、雪姫は辺《あた》りを見回す。

ジュウもそれに倣《なら》うと、何かが聞こえた。

くぐもったような声だった。

聞こえたのはそれだけだったが、二人はその場所を目指して走り出した。いくつかビルを通りすぎ、路上駐車されている邪魔な車を避《よ》け、途中から早足に切り替えながら視線を周囲に飛ばす。雪姫がポンとジュウの肩を叩《たた》き、親指で近くの路地裏を指し示した。狭いのでジュウが先頭に立ち、雪姫がその後ろに続く。足音を消してその方向に進んでみると、そこには予想通りの光景があった。

男が女の子を襲《おそ》っている。

女の子の方はまだ幼《おさな》く、せいぜい小学二年生くらい。男の方は、歳《とし》は三十代後半というところか。男は女の子の口に粘着テープを貼り、息を乱しながら手足もテープで縛《しば》ろうとしているところだった。男の手にはナイフが握られており、よほど脅《おど》されたのか、女の子は怯《おび》えるばかりで抵抗していない。いざとなれば思いきり暴れたり大声を出せば助かる、などと平和なときは思うものだが、現実にその事態に直面した者の大半はそうすることもできずに犠牲《ぎせい》になる。

女の子の目に涙が浮かんでいるのを見て、ジュウの中で何かが切れた。

それでも無闇《むやみ》に突進したりしなかったのは、女の子の身の安全を考えたからだ。

「てめえ、そこで何してる」

抑えきれない怒気《どき》を込めたジュウの声にビクリと反応し、男がこちらを見た。肥満気味の体格で、背中にはリュックを背負い、目が血走っていた。

見覚えのある顔。あの日、鏡味桜《かがみさくら》にしつこく話しかけていた男だった。

一歩踏み出したジュウに対して、男は女の子から離れると、手にしていた粘着テープをジュウに投げつけた。ジュウがそれを叩き落とした次の瞬間、男はさらにナイフを投げた。偶然か狙ったのか、顔を目がけて一直線に飛んでくるナイフをジュウは拳《こぶし》で払いのける。手の甲《こう》が裂けて血が流れたが、よければ後ろにいる雪姫に命中する可能性があるので動くわけにはいかない。

男はナイフを投げた結果を見届けることもせず、脱兎《だっと》のごとく駆け出していた。それを追いかけようとするジュウを雪姫が制止し、女の子の口に貼られたテープを剥《は》がした。今にも泣き出しそうな女の子の手に、雪姫がポケットから出したカードを載せると、それを見た女の子の表情が少しだけ落ち着いた。

「急げ！」

ジュウは雪姫を急《せ》かし、男を追って路地裏を飛び出した。

いない。足は速そうに見えなかったのですぐに追いつくと思ったが、もたもたしているうちに逃げられてしまったのか。

焦《あせ》るジュウとは対照的に、雪姫は冷静に視線を動かし、一台の車に目を止めた。

「あれ、怪《あや》しい」

「えっ？」

「あの男、女の子を連れ去ろうとしてたでしょ？　肩に担《かつ》いで行くと思う？」

近くに路上駐車している車は、その一台きり。二人はその一台に近づき、運転席を覗き込もうとしたが、バックミラーでそれを見ていたらしい男は、車のエンジンを吹かして急発進した。アスファルトに黒い線を残して走り出す車の後を、二人は全速力で追った。この辺りは道が入り組んでおり、曲がり角が多く、直線の少ない道では車は満足にスピードを出せない。いったい何事かと、全力疾走《しっそう》する二人を通行人たちは驚いた顔で見ていた。

ジュウは雪姫を置いて行くつもりで走ったが、彼女は余裕でその速度についてきた。

追走劇は、一分もせずに終わった。

車が急停止し、そこから飛び出した男は、近くにあったマンションに駆け込んだのだ。

背の高い木々に囲まれた、七階建てのマンションだった。

「あそこに住んでるのかな？　近所でやるとは、バカというか大胆というか……」

走りながら雪姫がそう評し、ジュウはそれに同意することもなくマンションの玄関ロビーに入る。ちょうどエレベーターの扉が閉じたところだった。

階段に向かおうとするジュウを呼び止め、雪姫はランプの表示を見てエレベーターの止まった階を確認。エレベーターが止まったのは五階。

「行くぞ！」

「ちょい待って」

雪姫は玄関ロビーに並んだ郵便ポストを見て回った。五階の部屋数を確かめてから、さらにポストに残った郵便物を隙間から覗き見る。

ジュウは苛立《いらだ》ったが、雪姫は慎重に調べ、多分ここだ、と言った。

「この部屋、五〇五号室。住人の名前は橋元正巳《はしもとまさみ》」

「何でここだと思う？」

「郵便物の中に会報があったから」

雪姫が言うには、それは十八禁パソコンゲームを製作するメーカーのファンクラブの会報らしい。そのメーカーのゲームは過激で残酷《ざんこく》な内容が売りであり、登場キャラは幼い女の子ばかり。

「ロリコンが、すなわち性犯罪者ってわけじゃないけど、今回に限っては当てはまるんじゃない？」

「五〇五号室だな」

二人はエレベーターに乗り、五階のボタンを押した。

動き出すエレベーターの中で、ジュウは呼吸を整える。残暑の中でこれだけ走れば汗《あせ》も出る。エレベーターの天井のファンが回り、少しだけ涼しい風が送られてきた。雪姫も汗をかいていたが、もう呼吸は平静に戻っていた。

階を示すランプを見ながら、ジュウが言う。

「さっきのカード、何だ?」

「あの女の子にあげたやつ? あれは、『プリティペア』のアイテムカードだよ。最近子供たちの間で流行《はや》ってるテレビアニメでね、主人公たちが使ってるやつ。品薄《しなうす》で入手困難だから、レアなんだ」

雪姫の気遣《きづか》いに、ジュウは少し感心した。彼女自身が子供っぽいからか、子供の扱いが上手《うま》い。

あの子は、さっきのことをずっと覚えているだろうか。あんなことは忘れるに限る。子供の柔軟な精神なら、成長に連れて忘却することも可能だと思う。

そうあって欲しいと願うジュウの前で、エレベーターの扉が開いた。

マンションはコの字型になっており、廊下の片側は吹き抜けの構造になっていた。そこを進みながら、二人は五〇五号室を探す。苦もせず見つかり、ジュウはその部屋のインターフォンを押した。

反応無し。何回繰り返しても反応はなく、ジュウはこの部屋ではないのかと疑い、雪姫が扉の新聞受けから中を覗き込んだ。玄関にある靴を見て、あの男が履いていたものだと確認。ジュウは男の顔や凶器ばかり見ていたが、雪姫はかなり細部まで注意して見ていたらしい。

「柔沢くん、あいつがえぐり魔だと思う？」

「わからん。でも、可能性はある。それに、ああいう奴《やつ》は大っ嫌いだ」

「それは同感」

「問題は、どうやってここを開けるかだな……」

扉を派手《はで》に叩いていれば、向こうから根を上げて開けるだろうか。大声で性犯罪者だとでも叫べば、観念するかもしれない。ただ、それだとジュウたちも目立ち過ぎてしまうが。

いっそのこと管理人室に行って事情を話してみようか、とジュウが思っていると、雪姫が言った。

「柔沢くん、どうしてもここを突破したい？」

「見逃す気はない」

「どうしても？」

「ああ」

「じゃあ、あたしに任せて」

雪姫は、ベルトから何かを引き抜いた。それは、さっきの男が持っていたナイフ。ちゃっかり拾ってきたらしい。

「安物だが、まあ使える」

無表情でそう呟《つぶや》くと、雪姫はナイフを構え、いきなり扉の鍵《かぎ》を目がけて突いた。響く金属音。足元に散らばる破片。十何度目かの突きで、鍵は完全に壊れた。刃先の欠けたナイフを惜《お》しそうに見つめてから、雪姫はドアノブを掴む。扉は難なく開いた。

「行こうか」

「……おまえ、何やってんだよ」

「突破した」

雪姫の大胆不敵な行動にジュウは啞然《あぜん》とし、さすがに何か言ってやろうと思ったが、何も思いつかなかった。

こいつはこういう奴だ、と心の何処《どこ》かで納得しているのかもしれない。

これで万が一にも部屋を間違えてたら警察に捕まるな、と思いながらジュウは雪姫を後ろに下がらせ、自分が先頭で玄関に踏み込んだ。

中は暗かった。いきなり男が飛びかかってくることも警戒《けいかい》していたが、そういうことはなく、不気味なほど静まり返っている。

「いるのはわかってんだ！　出て来い！」

電気が消され、カーテンも閉められた真っ暗な室内に、ジュウの声だけが響いた。

返事はない。二人は靴を脱がずに玄関を上がり、奥に進んだ。部屋数はそう多くなく、男のいる部屋はすぐに判明した。

固く扉で閉ざされた部屋が一つ。ドアノブを握ったが、鍵がかかっていた。

その前で、ジュウは再び男に呼びかけた。

「出て来い！」

扉を蹴《け》ったが、中は無反応。

ぶち破ってやろうか、とジュウが意気込んだところで、その意を汲《く》んだ雪姫が、さっきと同じ要領で扉の鍵を突き壊した。

ジュウは扉を押し開き、自分が先頭で部屋に入る。

そこに男はいた。

やはりカーテンが閉められ、電気も消された薄暗い室内で、パソコンの画面だけが煌々《こうこう》と輝いていた。その光が、汗に濡《ぬ》れた男の顔に反射していた。

男はジュウたちの存在など気づかないかのように、パソコンの画面を食い入るように見ていた。画面には、隠し撮りらしき幼女の写真がいくつも並んでいる。右手はマウスを握り、左手の親指の爪《つめ》を噛《か》みながら、男はブツブツと呟く。

「くそ、くそ、くそ、くそ、くそ、くそ、くそ、くそ、くそ、くそ、くそ……」

その薄気味悪さに顔をしかめるジュウの目が、ようやく暗さに慣れてきた。

部屋の壁は、隙間なく貼られたポスターで埋め尽《つ》くされていた。種類は雑多で、アイドルもあればアニメもある。まるでポスターで包まれた空間のようだ。足元に散乱するのはインスタント食品やお菓子の食べカス、空き缶、ペットボトル、雑誌やマンガなどであり、足の踏み場もないほど。壁際にある本棚に飾られたフィギュアは、全《すべ》て幼い女の子を模《も》したものだった。よく見ると、それらのフィギュアの顔は異様だった。どれもこれも、目の部分が陥没《かんぼつ》しているのだ。錐《きり》か何かでえぐり取ったのだろう。外見が可愛《かわい》らしく作られ、どれも笑顔である分だけ、それは不気味な造形に成り果てていた。

雪姫を下がらせたまま、ジュウは問う。

「てめえ、えぐり魔か?」

男は答えず、画面から眼《め》を離さない。

親指の先から血が流れていたが、男はかまわずに爪を噛んでいた。

口元から垂《た》れた血が、膝《ひざ》の上に点々と赤い染《し》みを生む。

「答えろ。てめえが、えぐり魔か?」

「……ずるいじゃないか」

「何?」

男は画面から眼を離さずに言った。

まるで独《ひと》り言《ごと》のように。

「ず、ずるいじゃないか、こんなの、ずるいぞ、反則だ、えぐり魔は自由にやってるのに、どうして俺が責められるんだ、ずるい、汚い、こんなの……!」

男はジュウたちの方へ顔を向けると、血で汚れた口元を拭《ぬぐ》いもせずに、唾液《だえき》を飛ばしながら叫んだ。

「け、警察に言ってやる！　おまえら、警察に死刑にしてもらうからな！」

「てめえは、えぐり魔なのか？」

「おまえら死刑だ！　みんな死ね！」

ジュウは壁に手を伸ばし、ポスターを引き剝がした。男を殴っても良かったが、まだ訊《き》きたいことがある。

ポスターが破られると、男は苦しむような奇声を発した。

自分の世界を包む殻《から》を壊されたように思ったのかもしれない。

「答えろ！　てめえは、えぐり魔なのか！」

男の体は震え出し、ついには親指そのものを嚙み始めた。食い込んだ歯が皮膚《ひふ》を突き破り、大量の血が流れ出す。

このままでは埒《らち》があかない。何とか力ずくで男を外に連れて行こう。

ジュウが近づこうと一歩踏み出したとき、男は右手を横に振った。隠し持っていた警棒《けいぼう》が伸びる。

「来るなぁっ！」

雄叫《おたけ》びを上げて突っ込んでくる男を迎え撃ったのは、ジュウでも雪姫でもなかった。

突然、男の背後でガラスの割れる音が響き、吹きこむ風にカーテンが大きく揺れる。

それに驚いた男は、カーテンに向かって警棒を振るった。手応《てごた》えなし。めくれ上がったカーテンに紛《まぎ》れるようにして、小さな人影が飛び出した。人影は男の腕に手刀《しゅとう》を放って警棒を叩き落とすと、腹に一撃、顎《あご》に一撃。その連打によって男を転倒させた。

床の上で苦しむ男を静かに見下ろすのは、うっとうしい前髪の小柄な少女。

「おまえ、何でここに……」

「前世の絆《きずな》です」

といつもの調子で答える堕花雨。

割れた窓から射し込む外の光が、彼女の姿を半《なか》ば輝かせて見せた。

まさか雪姫が呼んだのかとジュウは疑ったが、彼女も雨の登場には驚いていた。

となると雨は独断で、おそらくはマンションの外壁を登ってきたのか。彼女がそういうことをやってしまう子だと知っているジュウだが、だからといって慣れるわけではない。

「ここは周りに背の高い木が多かったので、それを利用すれば、比較的簡単でした」

ジュウの疑問を察したかのように、雨が答えた。案の定、外壁を登ってきたらしい。

彼女は肩から小さな袋を下げており、その中にロープなども入っているのだろう。

「おまえ、そういうのはもう……」

「ご安心ください。通行人には目撃されていないと思います」

「そういう問題じゃなくて……」

「お叱《しか》りは後で受けます。今は、その男の方を優先しましょう」

雨は、ジュウが止める間もなく男に近づいていった。男は悲鳴を上げて後退したが、すぐ壁に当たり、それでもまだ下がろうとして壁を爪で引っ搔《か》いた。ポスターが破れ、指先から流れる血が壁に塗りつけられる様子は、まるで前衛芸術《ぜんえい》のようだった。

「おい、待てよ。こいつはえぐり魔かもしれないんだ。ここは俺が……」

雨は無言で手を上げ、ジュウの言葉を止めた。仕方なくジュウは黙り、事態の行方《ゆくえ》を見守る。雪姫もナイフを握ったまま、静観していた。

男を見下ろしながら、雨が言う。

「あなたは、えぐり魔ではありません」

「そ、そうだよ、俺じゃない！」

「わかっています。あなたではない」

そう断言する雨。

抗議しようとするジュウの耳元で、「あいつに任せろ」と雪姫が囁《ささや》いた。

「俺は違う、えぐり魔じゃない、まだ何もしてない！　したいと思ったことは、あるけど、まだやってない……」

「そうですね。あなたは、えぐり魔に憧《あこが》れた模倣犯《もほうはん》のなり損《そこ》ないです。しかし、子供にいかがわしい行為をしたことは事実です。その子とその親に謝罪しなさい。そして誓《ちか》いなさい。もう二度とそんなことはしないと」

「で、でも……」

雨はチラッと部屋の棚に視線を移してから、再び男に視線を戻した。

「素直に謝罪すれば罪も軽いでしょう。相手の親があなたを訴えて裁判で有罪になり、実刑判決が下ったとしても、来年の一月までには出てこられますよ」

「えっ？」

「へたに抵抗する方が罪が重くなります。そうなると、来年の夏にも間に合わないかもしれない。悶々《もんもん》としながら、冷たい塀《へい》の中で過ごしたいですか？」

「あ、う……」

男は見るからに狼狽《ろうばい》し、それでも諦《あきら》めきれないのか視線を忙《せわ》しく動かした。

雨は静かに続ける。

「それでもいいのですか？」

「……わ、わかったよ」

男はのろのろと立ち上がった。

ジュウは身構えたが、男は力が抜けたように立つだけで、それ以上は動かない。

「警察に行きましょう」

男は素直に頷き、雨の言葉に従って歩き出した。

わけもわからずジュウと雪姫はその後に続き、四人は部屋を出た。マンションの外に出てからも、男はおとなしくしていた。縛られているわけでもないのだから逃げようと試《こころ》みてもおかしくはなかったが、すっかり観念しているようだった。

四人は近くの交番に向かう。念のため、ジュウと雪姫が男の両側を歩き、その後ろを雨が歩いた。雨にいろいろ訊きたいのを我慢《がまん》し、ジュウはとにかく歩いた。

交番に着くと、雨は警察官に説明した。女の子が性的なイタズラをされたこと。その子の名前と電話番号、犯行時間など。男が犯行を素直に認めたので、警察官はすぐに女の子の親に連絡し、確認を取ってから男を逮捕《たいほ》した。たまたま通りがかっただけで、自分たちは男とは無関係だと話し、ジュウたちは交番を後にする。

交番から百メートルほど離れたところで、ジュウはようやく雨に事情を訊いた。

「説明しろ。あいつは、なんで急におとなしくなった？」

「来年の一月に大事な用があるからです。そして、来年の夏にも」

「大事な用？」

「部屋の棚には、DVDソフトが大量にありました。三年前に放映され、傑作《けっさく》と呼ばれたSFロボット物、その全話です。監督の斬新《ざんしん》で個性的な演出が大変話題になりました。わたしも、毎週欠かさず観《み》ていたくらいです」

「それが？」

「その続編が、来年の一月から放映されるのです。DVDが全て初回限定版ということからしても、あの男は作品の大ファンでしょうから、どうしてもそれを観たい」

「おい、まさか……そんな理由で？　たかがアニメだろ」

「たかがアニメですが、それを生きる活力としているファンもいるのです。部屋を引っ越す場合、築何年であるか、家賃がいくらか、交通の便はどうかということよりも、地方局や衛星放送が受信できる設備が整ってるかどうかを最優先に考えるファンも多いのです」

「……で、来年の夏ってのは？」

「日本アニメ界の大御所《おおごしょ》と呼ばれる監督の新作映画の公開が、ちょうど来年の夏頃で……」

ジュウは、途中で説明を聞く気が失《う》せた。

なんとバカらしい。

そんなことで観念してしまうとは、理解しがたい精神構造だった。

雨の話を聞いて、普通に納得している雪姫の感覚もよくわからない。

「次は、こちらから質問させてください」

雨はジュウと雪姫の前に立ち、二人を交互に見ながら言った。

「二人とも、本気でえぐり魔を捜していたのですか？」

ジュウと雪姫は一度顔を見合わせてから、それに頷いた。

雨は呆《あき》れたように息を吐く。

「おまえ、何で俺たちがあそこにいるってわかったんだ？　まさか尾行《びこう》してたのか？」

この少女が尾行の達人《たつじん》であることを、ジュウは忘れていた。

夏休み前のときなど、何日も後をつけられていたのにまるで気づかなかったのだ。

「ジュウ様たちがこういうことをしているのは、昨日、円から聞き出しました。尾行を始めたのは、今日からです」

雪姫と付き合い始めたというジュウの言葉を雨は信じていたが、それにしてはどうもジュウの暗い表情が増えていることが気になっていたらしい。その原因が雪姫との付き合いにあるのなら、何とかする必要がある。そこで雨が直接ジュウや雪姫に尋ねなかったのは、彼女なりの配慮《はいりょ》、あるいは慎重さだろうか。

二人の件で何か知らないかと、雨は円に連絡を取った。雪姫から特に口止めされていなかった円は、あっさり白状した。ジュウと雪姫がやっていることを、彼女があまり快《こころよ》く思っていなかったことも理由の一つだろう。情報をもらった見返りというわけでもないが、雪姫は毎日どこをジュウと捜し歩いたかを円に話しており、それを聞いた雨はすぐに行動を起こしたのだ。

「それで、何で尾行になる？　普通に俺たちと合流すれば良かったじゃねえか」

「それは……ジュウ様のおっしゃる通りです」

申し訳ありませんでした、と頭を下げる雨。

彼女が素直にジュウたちと合流しなかったのは、どういう心情が働いたからだろうか。

ジュウは少し考えたが、よくわからなかった。

ジュウたちが男を追うために去った後で、あの女の子の名前や電話番号を聞き出した抜け目のなさは、さすがだと思うのだが。

雨は顔を上げると、雪姫に視線を向けた。

「雪姫、今回の件で何か弁解は？」

「ない」

指先でナイフを回しながら、己《おのれ》の非を認める雪姫。

「内緒にしてたのは謝る」

「あなたに悪意がないことはわかっていますから、もういいです」

「あたしと柔沢が交際を始めた、というのもウソだ。ここしばらくは、ずっと一緒にいたがな。どうだ嫉妬《しっと》したか？」

「そのナイフ、証拠品なのでは？」

「おや、はぐらかす？　おまえにしては珍《めずら》しい」

「あなたこそ、誰かに好意を持つのは珍しい」

「彼、なかなか面白《おもしろ》くってな」

「わたしの主《あるじ》ですから」

「自慢か？」

「自慢です」

雨と雪姫は、お互いに真顔《まがお》で見つめ合っていた。どちらも一歩も退《ひ》かない様子は仲が悪そうにも見えるが、逆に、よく知った仲であるからこその遠慮《えんりょ》のなさにも見えた。

それにしても、とジュウは考える。一つ意外なのは、雨が自分の行動を不審《ふしん》に思いながらも、それを止めなかった点だった。彼女はジュウの危険を望まない。だから、えぐり魔を捜していると知れば、尾行などではなく止めにくるはずなのに、今回すぐにそうしなかったのは何故《なぜ》か。

「ジュウ様、もうやめましょう。こんなことをしても意味がありません」

「こんなことって……」

「これは時間の無駄遣《むだづか》いです」

「危険、じゃなくてか？」

「それは大丈夫でしょう。今日のような偶然を除けば、危険はありません」

「危険はない？　えぐり魔を捜してるのに？」

「はい、危険はありません」

「どうして？」

「えぐり魔とジュウ様が遭遇《そうぐう》する確率は、ほぼゼロだからです」

「資料をもとに、推理して動いてもか？」

「はい」

「説明しろ」

いつもなら、ジュウがそう言えば彼女はすぐに話し出すはずだった。

ところが今日に限っては、そうではなかった。

雨は、ジュウへの答えを迷うように下を向く。

「……雪姫、今日はもう帰ってくれませんか」

「そうだな。柔沢を長く独占していたわけだし、ここは少し引こう」

雪姫はクルリと背を向けると、片手を上げ「またな」と言い残して立ち去った。

その後ろ姿を見送りながら、ジュウは雨に対して疑念を持つ。

こいつ、何か知ってる？

ひょっとして、えぐり魔に関係しているのか、こいつが。

その考えを、ジュウはすぐに打ち消した。

それは絶対にない。こいつは変な女だが、子供の目をえぐり抜いて喜ぶような変態ではない。出会ってまだ半年にも満たない短い付き合いでも、それくらいはわかっている。

「話せよ、おまえの知ってることを」

ジュウは促《うなが》したが、それでも雨は口を割らなかった。

辛抱《しんぼう》強くジュウは待つ。路上で向かい合う二人を奇異《きい》の視線で眺《なが》める通行人もいたが、ジュウが睨みつけるとすぐにいなくなった。

空は快晴。うだるような暑さ。いつまでも続く残暑。

生き残った蟬《せみ》の鳴き声が、何処かから聞こえていた。

雨はようやく顔を上げると、こう言った。

「ジュウ様、この件を調べてはいけません」

「なぜ?」

「この件は、どうやっても解決しないからです」

「解決しない?」

「解決しません」

「どうして? おまえ、何を知ってるんだ?」

「わたしは何も知りません。しかし、想像はできます。この件は、解決しないのです。そういう類いのものではないのです。関《かか》わっても不愉快《ふゆかい》になるだけです」

「どういうことだ、話せ！」

じれったくなったジュウは声を荒らげたが、雨は動じなかった。

もとより、この少女に恫喝《どうかつ》など通用するわけもない。

「ジュウ様、もう一度よくお考えください」

「今さら何を考えるってんだ？」

「ジュウ様が本当にお望みなら、この件を終わらせることはできると思います」

解決はできないが、終わらせることはできる。

ますます意味不明だった。

混乱するジュウに、雨は真剣な面持《おもも》ちで繰り返した。

「よくお考えください、ジュウ様」

第5章　えぐり魔の見解

その日の晩、雨《あめ》への返事を考えながら夕飯の支度《したく》をしていたジュウは、テレビのニュースを見て愕然《がくぜん》とした。

えぐり魔の新たな犠牲者《ぎせいしゃ》が出たのだ。三十五人目。今回は五歳の男の子だった。

警察の無能さを嘆《なげ》くニュースキャスター。口癖《くちぐせ》のように社会の退廃《たいはい》を指摘する評論家。

ダイニングテーブルの椅子《いす》に腰かけ、ジュウはテレビ画面をぼんやりと眺《なが》めた。

まだ続く。この事件は終わらない。えぐり魔は止まらない。

警察が捜査しても、親たちが警戒《けいかい》しても、えぐり魔は子供を誘拐《ゆうかい》し、その目を奪う。

どうして捕まらないのか。

まさか、えぐり魔は超能力でも使っているというのか。

いったいどうなっているのか、全然わからない。

こんな俺が、警察の手に負えないことをどうにかできるわけがない。

雪姫《ゆきひめ》と歩き回って何が得られた？

えぐり魔に繋《つな》がるヒントの欠片《かけら》さえも、見つかってない。

無駄なのだ、きっと。俺がどれだけ足掻《あが》いたところで、どうにもならないのだ。
どうしようもないのだ。
頭に浮かんだのは、全《すべ》てを楽にする言葉。
……もう諦《あきら》めよう。
もういい。もう楽な方を選んでしまおう。こんなの疲れるだけだ。
えぐり魔捜しなどやめて、楽になろう。もっと楽しいことをしよう。
面倒《めんどう》なことは忘れて、適当に生きよう。深く考えるのはよそう。
紅香《べにか》だって言ってた。おとなしくしてろと。
そうだ。何もしなくたって、誰も柔沢《じゅうざわ》ジュウを責めたりはしない。
俺は何も悪くない。責任なんか感じることはないんだ。
「もういいや。疲れた。やめだ、こんな無駄なことは……」
いいのか？
本当に、それでいいのか？
心の中で誰かが反論する。上等だ。なら議論しようじゃないか、徹底的に。
ジュウは自分の部屋に戻ると、ベッドの上で横になり、思考を解放した。
電気を消した部屋で、闇《やみ》と静寂《せいじゃく》に包まれながら考え続ける。
そうして時間の感覚も失った頃、何かが見えた。
無言で部屋の中に佇《たたず》む、二つの小さな人影。

どちらも見覚えがある。鏡味桜《かがみさくら》と草加恵理《くさかえり》。二人の顔は、ジュウの方を向いていた。目のあった場所は、ただの空洞《くうどう》に成り果てていた。それは暗い暗い穴。何も映さない二つの穴。その穴が、じっとジュウを見ていた。えぐり魔の犠牲者たち。気がつくと、彼女たちの他にも同じような子供たちが部屋中に立っていた。えぐり魔の犠牲者たち。みんな無言で、二つの暗い穴をジュウに向けていた。

まるで怒るように。まるで悲しむように、まるで何かを訴えるように。

ジュウは、それらが怖くなかった。そうは感じなかった。

これは寝不足が原因の幻《まぼろし》に過ぎない。ジュウの罪悪感が生んだもの。

怖いわけがない。

ただ悲しかった。悔《くや》しかった。自分の無力さが情けなかった。

こんな子供たちが、これからも増えていく。暗い穴が増えていく。

「……放っておけるわけ、ないじゃないか」

明け方、窓から射し込んで来る朝日を見てようやく決心した。カーテンを開き、眩《まぶ》しい太陽をまっすぐに見つめる。

鏡味桜は、もうこれを見られない。暗闇《くらやみ》が怖いと言っていた彼女は、もう朝日を見られない。草加恵理も、これを見られない。そんな子供たちが他にも大勢いる。

えぐり魔のせいだ。

そして、えぐり魔を止めない限り、これからもそんな子供が増えていく。

紅香は言った。妙な気を起こすなよと。

雨は言った。この件には関《かか》わるべきではないと。

それは正しい。ただの素人《しろうと》でしかない自分は、おとなしくしているのが正解なのだ。

最初の動機は何だったか？

桜に対する贖罪《しょくざい》の気持ち、それだけだった。

だが今は、それだけじゃない。本気でえぐり魔が憎《にく》い。

草加恵理とも約束したのだ、えぐり魔を止めると。

決意を固めたジュウは、翌日の日曜日、雨の自宅に足を運んだ。

雨は、この件に関してはどうしても保留にしたいようだったが、彼女が知っていることをジュウは全て聞き出すつもりだった。しかし、雨の自宅の前に来たところで、ジュウは急に怖《お》じ気《け》づいてしまった。

光《ひかる》に追い返された日の自己嫌悪が蘇《よみがえ》る。前もって電話でもして雨を呼び出せば良かったのだが、雨の自宅の電話番号も携帯の番号も、ジュウは知らなかった。

こちらから連絡を取ろうとしたことが一度もないからだ。

門の前で数分考え、躊躇《ちゅうちょ》しながらもジュウはインターフォンを押した。

「どちら様でしょうか？」

涼しげで上品な声。

これは母親だな、と緊張し、ジュウは答えた。

「柔沢ジュウです。雨さんの…友人の……」

慣れてないので少し言いよどんでしまったが、雨の母はすぐにわかったらしい。

「ああ、この前いらしたワイルドな男の子ね」

そう見られてるのか、という内心の感想を押し隠し、ジュウはなるべく丁寧《ていねい》に答える。

「はい。あの、雨さんはご在宅でしょうか？」

雨の母は「ちょっと待ってくださいね」と言い、それから「中に入ってお待ちください」と付け加えた。

ジュウは門を開け、踏み石の上を進んで玄関の前まで歩く。庭師が定期的に手入れをしているらしい見事な庭木が、そこからでも見えた。

そういえば、この頭で大丈夫だろうか？

以前に来たときは黒かった髪が金髪に変わっているのを見たら、雨の母に変に思われるかもしれない。それが原因で雨と会うのを断られる、なんてことはないだろうか。

ジュウがそんなことを考えていると、玄関の扉が開いた。

反射的に挨拶《あいさつ》しようとしたジュウの表情が固まる。

出てきたのは、光だった。

「あんた、耳が不自由な人？　それとも頭がかわいそうな人？　あたしがあれだけ言ったのに、まだ懲《こ》りずにやってくるなんて無神経にも程があるわ。さっさと帰って」

相変わらずきつい物言いだったが、ジュウとしても引くわけにはいかない。

「今日は、おまえの姉ちゃんに用があるんだ」

「お姉ちゃんの方には、あんたに用なんかない」

「俺の方はある。大事な話だ」

「……別れ話？」

それを期待しているらしい光に、ジュウは苦笑で応じた。

「大事な話だ」

「詳細《しょうさい》を教えなさいよ。それによっては、ここを通してやらないでもないわ」

「何でおまえの許可がいるんだ」

「あたしが堕花《おちばな》光だからよ」

「俺は柔沢ジュウだ」

「だから何なのよ！」

「それはこっちのセリフだ！」

「だいたいね、あんたみたいな奴《やつ》が……！」

「光ちゃん」

背後から聞こえた姉の声に、光は思わず直立姿勢になった。

恐る恐る振り返り、姉のご機嫌を窺《うかが》うように作り笑いを浮かべる。

「あ、あのね、久しぶりに柔沢先輩と会ったから、ちょっと話が弾《はず》んじゃってさ……」

「ジュウ様に無礼を働いたら許しませんよ。前にも、そう言ったわよね？」

「だ、だってこいつ、この前はストーカーみたいなことしてたし……！」

「光ちゃん」

「……ごめんなさい」

光はあっさり敗北した。ジュウを恨《うら》めしげに見つつも、おとなしく退散する。

その際、思いきりべーっと舌《した》を出していったのだが、それはジュウの苦笑を誘うだけだった。憎めない子だ、とジュウは思う。

「妹が失礼しました」

「かまわねえよ。今回に限っては、悪いのは俺の方だ」

雨は不思議そうな顔をしていたが、それ以上は訊《き》かなかった。

「どうぞ、中にお入りください」

「玄関でいい」

「えぐり魔の件ですか?」

「そうだ。昨日一晩よく考えたけど、やっぱり変わらなかった。おまえは解決できないと言ったが、終わらせることはできるとも言ったよな。その方法を教えてくれ」

「……わかりました」

ジュウの意思が固いと見たのか、雨はそれを承諾《しょうだく》した。

「では、場所を変えましょう。何処《どこ》にするかは、相手次第《しだい》ですが」

「相手?」

「草加《くさか》さんです」

「……草加？」

「それに、雪姫と円《まどか》も呼んでおこうと思います」

「何で？」

「念のための保険、ですね。説明は後ほどいたします」

何で保険が必要なのか？

気にはなったが、二人とも邪魔にはならないだろうし、ジュウもそれ以上は追及しなかった。雨のやることは、いつも自分よりずっと合理的なのだから、何か意味があるのだろう。

母親と出くわしたら困るので、雨が電話している間、ジュウは玄関の外で待つことにした。

そうしていると、玄関の扉が開き、光がひょっこり顔を出した。

「……あんた、お姉ちゃんと何処に行く気よ？」

「安心しろ。二人きりじゃない。雪姫なんかも一緒だ」

「ゆ、雪姫って、呼び捨て……！　ていうか、あんた、いつの間に雪姫先輩にも近づいてたのよ！」

「おまえの姉ちゃんに紹介された」

「ふ、二股《ふたまた》かけてるのね、お姉ちゃんと雪姫先輩を……！」

「いや、全然違う」

「二人の少女を弄《もてあそ》ぶなんて、交互に抱くなんて、なんて汚《けが》らわしい！」

「おまえの想像の方が汚らわしいよ！」

ジュウの抗議は耳に届いていないらしく、光は「だからお姉ちゃん、最近ちょっと元気なかったのかな……」などと呟《つぶや》いていた。

「元気ないって、あいつが?」

そういえば、少しだけそう見えなくもなかった。

何か悩み事でもあるのだろうか。

ジュウの反応を、光は軽蔑《けいべつ》の眼差《まなざ》しで見ていた。

「あんたって最低の男よね。一緒にいても、なーんにも気づかない。鈍感《どんかん》バカ」

「気づかないって、何を?」

「女心よ」

ジュウには、さっぱりわからなかった。

「何でこんな奴に騙《だま》されちゃうかな、雪姫先輩も……。世の中、こんなのよりましな男は山ほどいるのにさ」

「草加とかはどうだ?」

この不意打ちは成功した。ジュウに対する苛立《いらだ》ちが消え、光に平静さが戻る。こういう切り替えの早さは、姉とよく似ていた。

光は冷めた口調で言う。

「……まあ、あんたとどっこいどっこいよ、あの人は」

それは意外な感想だった。以前の光の口ぶりからいくらか気に入ってるのかと思いきや、あれはジュウを追い返したいためにそう言っただけらしい。

「俺と同じくらいダメか」

「あんたは見た目も中身もムカつくけど、あの人は見た目は普通で中身が超ムカつく」

顔を歪《ゆが》めて言うくらいなので、光は本気で草加が嫌いなのだろう。

「何であいつが嫌いなんだ？」

光は少し考え込むような仕草《しぐさ》を見せたが、しばらくして諦めたように息を吐いた。

「……何でかな。よくわかんない。でも、とにかくあの人はダメだと思う。あんたとは全然違う意味で、ダメだと思う。あたしの嫌いなものに例《たと》えるなら、あんたは歯医者で、草加さんはゴキブリってとこかしら」

感想に困る例えだった。

そんなことを話しているうちに、雨の電話は終わったらしい。

光は慌《あわ》ててその場を去るが、途中で振り返り、またしてもベーっと舌を出して見せた。

ジュウは、それに笑顔で手を振ってやった。

電話を終えた雨は「少しお待ちください」とジュウに言い置くと、何故《なぜ》か一度部屋に戻ってから、再び玄関に現れた。

「どうした？」

「荷物を取ってきました」

「荷物？」

「武器を少々」

用心深い奴だ、と苦笑しながら、ジュウは雨を従えて歩き出す。

「それで、草加と会う約束はできたか？」

「はい。待ち合わせの場所も決めました」

「会うのはいいが、つまりあいつが、えぐり魔について何か知ってるってことなのか？」

「おそらくは」

「へえ……」

草加恵理は最初の犠牲者。

姪《めい》である恵理がえぐり魔に襲《おそ》われた際に、草加も自分で何か調べた可能性はある。

雨は、それを聞き出そうというのだろうか。

気のせいかもしれないが、雨は少し機嫌が良さそうに見えた。

久しぶりに、こうしてジュウの役に立てるのが嬉《うれ》しいのだろうか。

とにもかくにも、ジュウは雨に任せてみることにした。


草加との待ち合わせ場所は、新宿《しんじゅく》の繁華街《はんかがい》にある喫茶店だった。

電車で移動し、駅のホームに降りたところで、ジュウは足を止めた。雨もそれに従い、ジュウの顔を見上げる。

「どうかしましたか？」

「あいつに会う前に、一つ訊いておきたい」

「はい」

「おまえ、あいつに何度か電話や手紙をもらったりしてるんだって？」

「はい」

「どんな内容だ？」

「デートの誘いです」

ジュウはかなりの勇気を要して質問したのだが、雨の答えは簡潔《かんけつ》だった。

「……それで、おまえ、あいつのこと何とも思わないのか？」

「思いません」

当然です、という感じで言い切る雨。

「わたしには、ジュウ様にお仕《つか》えする以外の道はありません」

揺るぎない意思表示。

そこには怖いほどの確信が込められていた。

「理由はわかりませんが、草加さんはわたしに何か執着《しゅうちゃく》があるようです。何度断っても諦めてくれず、つい最近は、家にまでやって来たこともあるくらいです」

呼ばれもしないのに家に来た草加を、雨は仕方なく部屋に上げて説得を試《こころ》みたが、どれだけ時間をかけても草加は諦めなかったらしい。

「向こうの一方的な思い込みで執着されるなんて、迷惑な話です」

おまえが言うなよ、とは思ったが、ジュウの胸に広がったのは安堵《あんど》感だった。

いろいろとハッキリした。

草加のジュウに対するあの態度についても、これで理由が推測できるような気がする。

草加は、ジュウに嫉妬《しっと》しているのかもしれないと。

ジュウは階段を降りて改札口に向かった。雨に合わせるように歩調を緩《ゆる》めたのは、自然に湧《わ》いて出てきた優しさ、心の余裕だ。

草加の指定した店は、大通りに面したところにあった。約束の時間まではまだあり、雪姫と円は来ていなかったが、二人は店内で待つことにした。

扉を開くと鈴の音が鳴り、ウエイトレスが二人を迎えた。席の案内を断り、二人はすぐに草加を見つけた。草加もジュウたちに気づいたが、タバコを銜《くわ》えたまま目を細めていた。驚きと不快さの入り混じった表情。

ジュウたちが席に近づくと、タバコの煙を吐き出しながら草加は言った。

「……どういうことかな、堕花さん。どうしてここに彼がいる？」

どうやら雨は、草加と会う約束はしたが、細かいことは伝えなかったらしい。

二人きりで会うはずが、とんだ邪魔者が現れて迷惑だ、と草加は言いたいのだろう。

「ジュウ様は、えぐり魔を止めたいとお考えです」

単刀直入《たんとうちょくにゅう》。一切《いっさい》の前置きのない雨の言葉に、草加は一瞬呆気《あっけ》に取られているようだったが、すぐに余裕を取り戻し、コーヒーを一口飲んだ。

「情けない男だな、柔沢くん。この前は斬島《きりしま》さんで、今日は堕花さん。君は、女性が同伴《どうはん》してないと何もできない男なのか？」

「こいつは、ただの付き添いだ」

雨が反論しようとするのを止め、ジュウが言った。

「あんた、えぐり魔について何か知ってるんだろ？　それを訊きたい」

超ムカつく、と言っていた光に、ジュウは同感である。

草加は飲みかけのコーヒーをテーブルに置き、鞄《かばん》を持つと、席を立った。

「場所を変えよう」

レジで清算を済ませ、草加は店の外に出る。仕方なく、ジュウと雨もそれに続いた。

草加は道にタバコを捨てると、それを靴で踏み消し、新たな一本を銜えた。

「近くに、長話をするのに適した店がある。そこに案内しよう」

「どこだよ、それ？」

「怖いか？」

警戒するジュウを、草加は挑発《ちょうはつ》するように笑った。

「大人の話をするのに相応《ふさわ》しい場所さ」

そう言ってさっさと歩き出す草加の少し後ろを、ジュウと雨もついて行った。

雨が携帯電話を取り出すのを見て、ジュウは小声で止める。

「あいつらは呼ぶな」

「ですが……」

「いいんだ」

店を変えたら、雪姫や円と合流できなくなってしまう。

だが、ここで雪姫と円まで加わるのを見たら、草加はさらにジュウをバカにするだろう。

プライドの問題だった。それがくだらないものであるのは承知《しょうち》の上だ。

なおも何か言いたそうにしている雨に、ジュウはわざと気楽な口調で言う。

「大丈夫だって。別に、ケンカしにいくわけじゃないんだ」

「しかし、念のために……」

「おまえがいるじゃないか」

ジュウは軽い気持ちでそう言ったのだが、雨の受け取り方は違ったらしい。

雨は、ジュウの横顔をじっと見つめ、感激したように微笑《ほほえ》んだ。

「お任せください。何があろうと、ジュウ様は必ずお守りします」

この命に代えても、と断言する雨。

どうやら彼女の闘志に火をつけてしまったらしい。

そんな彼女を見ていると、ジュウは不思議とさっきまでの不愉快《ふゆかい》な気持ちや緊張感が薄れていくような気がした。余分な力も抜けていく。幸せな錯覚《さっかく》。でも、それをもたらしてくれる堕花雨という存在は、間違いなく自分の隣にいるのだった。

草加の目指す店は、繁華街のかなり奥の方にあるようだった。先頭を行く草加から少し距離を置き、二人は道を進む。昼間から飲んだくれた酔っ払いや、道の端に寝転がるホームレスが目につくこの一帯は、ヤクザらしき人間や目つきの悪い外国人なども多く、昼間でなければジュウでさえも足を踏み入れるのに躊躇《ちゅうちょ》するところだ。

この辺《あた》りの交番は常《つね》にパトロール中で警官不在というのは有名な話。職務質問をしただけで銃で撃たれたり青龍刀《せいりゅうとう》で切りつけられたりという事例が無数にあり、殺人でもない限りは警察も見て見ぬふりをする。パトロールを口実にトラブルと関わるのを避けているのは明白だった。

どことなく浮《うわ》ついた空気の漂う中を進みながら、ジュウは隣を歩く雨を窺い見たが、彼女はいつも通りだった。ヘラヘラした顔で挑発的な視線を飛ばしてくる外国人など完全に無視。ゴミ捨て場にカラスが群がり、散乱した生《なま》ゴミが辺りに悪臭を振り撒《ま》いていた。やたら低空を我が物顔で飛び回るカラスに、ジュウは辟易《へきえき》する。近くでタクシーから降りたホステスらしき女性が、その場で盛大に胃の中身を吐き散らし、それに驚いた野良《のら》犬が走り去って行った。

こうした雑然とした雰囲気《ふんいき》が、ジュウはあまり好きではなかった。

雑然としているのは、心の中だけでたくさんだと思う。

「宇宙からしてその属性は混沌《こんとん》ですから、秩序が保たれないのは当然とも言えますね」

雨のそんな言葉に、ジュウは同意した。霊長類《れいちょう》だと威張《いば》ってみたところで、所詮《しょせん》、人間も原始的な本能には敵《かな》わないってことだろうか。

「たまに思うんだけどさ、いったい俺たちはどこに向かってんだろうな?」

不思議そうに見上げてくる雨に、ジュウは言葉を選んで続ける。

「ほら、よく言うじゃねえか。人生こんなところでつまずいてたら前に進めない、とかさ。あれって、どこに向かって進んでるんだ?」

「それはおそらく……」

草加が足を止めて振り向いたので、二人は会話を中断した。

「この店だ」

草加が指し示したのは、パチンコ屋の隣にある金融会社のビル。その裏手に、電飾が切れた小さな看板が出ていた。『ツァラストラ』と書かれている。

「ツァラストラ?」

「ニーチェの著作からの引用ですね」

ジュウの疑問に、雨が答えた。

草加の後に続いて入り口に足を踏み入れると、いきなり急な下り階段だった。切れかけた蛍光灯の明かりを頼りに階段を降りて行く。

ジュウは、秋葉原《あきはばら》にあった地下の店を思い出した。

「後ろ暗いところのある奴が地下を好む理由って、何だろうな?」

「無意識のうちに天を避けているのか、あるいは地の底に眠るものを欲しているのか、そのどちらかでしょう」

長い階段。地下四階ほどの深さまで来たところで、前方に分厚い木製の扉が現れた。

草加はドアノブを掴《つか》み、扉を押し開いた。

店内は意外と広く、テーブルの数は十三個。カウンター席と合わせれば六十人くらいは座れるだろう。地下の闇を打ち消すように天井には無数の電灯が点《つ》いていたが、そのいくつかは電球が切れており、それによって生まれたまばらな暗がりが壁の黒い染《し》みを浮き上がらせていた。

まだ昼間だからか、店員は二人だけ。どちらも黒人で、一人はカウンターの中でタバコを吸い、もう一人はモップで床を磨《みが》いていた。客は、日本人の若いカップルが一組と、飲んだくれてソファで眠りこけるサラリーマンらしき年配の男が一人いるだけだ。

「ここは、俺の行きつけの店でね。雰囲気いいだろ?」

「汚い店だな」

ジュウだけが答え、雨は何も言わなかった。

草加は近くのソファに腰を下ろし、ジュウと雨も、その正面に腰を下ろした。タバコのヤニでベタベタし、かなり不潔だ。

「二人とも、好きなものを注文するといい。俺が奢《おご》るよ。生憎《あいにく》と子供向けのメニューは揃《そろ》ってないが、ジュースくらいならある。日本語は普通に通じるので、ご心配なく」

草加が片手を上げると、黒人の店員が重い足取りで近づいてきた。プロレスラーのような体格で、ただ立っているだけでも威圧感《いあつかん》があった。

草加は何かのブランデーを注文した。

これからの話の内容を考えて、ジュウは無難に炭酸飲料水にしておいた。

その隣で、雨が平然と言う。

「わたしはウォッカを」

「ウォッカ、デスカ?」

やや発音の悪い日本語で問い返す店員に、雨はハッキリ頷《うなず》いた。

「ボトルでお願いします」

小柄な少女の口からそんな言葉が出るのは意外だったらしく、店員は目を丸くしていたが、それでも恭《うやうや》しく頭を下げてから去って行った。

「おまえ、酒に強かったのか?」

「レベル十七です」

ただ年齢を言ってるだけじゃないかとジュウは思ったが、草加は笑っていた。

「相変わらず、堕花さんは意表を突いてくれる」

雨は無言で、店員の置いていった氷水を飲んだ。

有線放送で海外のヒットチャートが低く流れる店内は、地下深くということもあって外の雑音が一切聞こえず、とても静かだった。換気はあまりされておらず、空気は悪かったが、我慢《がまん》できないほどではない。

　草加はタバコを一本銜え、火を点けてから話を切り出した。

「それで、俺に何が訊きたいのかな？」

　ジュウに目配《めくば》せをしてから、雨が口を開く。

「ジュウ様は、えぐり魔を止めたいとお考えです」

「柔沢くんと斬島さんが事件を調べているのは、前に聞いた。だが、そんな無茶に君が手を貸すというのは感心しないな。そういうことは警察に任せておくべきで……」

「あなたの姪の恵理さん、事件前はメガネをかけていたそうですね？」

　タバコを持つ草加の手が、ピクリと震えた。

「誰から聞いた？」

「わたしの友人に、警察に通じた者がいます」

「それはそれは……」

　草加はタバコを深く吸い込み、煙を吐き出した。

　それが空気に溶ける前に言う。

「……で、それが今日の話と何か関係があるのかな？」

「あるかもしれません」

「思わせぶりだね。これは個人的な興味から訊くんだが、堕花さんは、えぐり魔事件をどう思ってるの？」

「これは、事件ではないと思います」

「では何だと？」

「ビジネスです」

驚きで目を剝《む》くジュウと違い、草加は笑いを堪《こら》えるような顔をしていた。

店員が、三人の前に注文の品を置いていく。雨の希望どおり、ウォッカは大きなボトルを一本丸ごとだった。

それには目もくれず、雨は話を続けた。

「最初の事件を新聞で読んだときは、猟奇《りょうき》的嗜好《しこう》を持った犯人の仕業《しわざ》だと思いました。しかし、事件が何度も続くうちに、おかしいことに気づきました。こんな事件が起きるわけないのです」

「起きるわけないって……。でも、現実に起きてるじゃないか、事件が」

「ジュウ様、先ほども言いましたが、これは事件ではないのです」

こいつは何を言ってるんだ？

ますます混乱するジュウに、雨が嚙《か》み砕《くだ》いて説明する。

「えぐり魔事件が何度も報道されているのにも拘《かか》わらず、あまりにも簡単に子供が誘拐されると思いませんか？」

「それは、でも、誘拐はそれほど難しくはないし、それに親の不注意とかも……」

「たしかに、ある程度はそれでも説明はつくでしょう。しかし、現在までに三十四件。昨日起きたものを含めれば三十五件です。これだけの人数が被害に遭《あ》いながら、目撃者がなく、犯人の手がかりも皆無《かいむ》なんてことがあるわけがない。あまりにおかしい。おかしいのは当たり前です。これは事件ではないのですから」

「じゃあ何だってんだよ？」

「これはビジネスです」

草加の笑い声が店内に響《ひび》いた。

近くの席のカップルが迷惑そうな顔で見ていたが、草加は気にせずに笑い続ける。

「本当に、堕花《だとう》さんは意表を突くのがお上手だ。面白《おもしろ》い推理だね」

「単なる妥当な解釈に過ぎません」

「その妥当な解釈というのを、詳《くわ》しく聞かせて欲しいな」

草加は、雨の話を楽しんでいるようだった。

ジュウも視線で話の続きを促《うなが》し、雨はそれに従った。

「これが事件でないことはすぐにわかりましたが、さすがに誰が仕組んでいるのかまではわかりませんでした。正直なところ、わたしはそれほど興味もなかったのですが、えぐり魔を止めるのがジュウ様の希望。友人に資料を揃えてもらい、詳しく考えてみることにしました」

ジュウの決意が揺るがないことを雨は予想していたのか、昨日のうちに事件について考えていたらしい。

若いカップルが立ち上がり、店から出ていった。

飲んだくれた男を含め、これで店にいる客は四人だけだ。

「草加さん。あなたの姪の恵理さんは、家の中でのみメガネをかけていたそうですね。幼《おさな》い子供の中にはメガネを恥《は》ずかしがる者もいますから、そう珍《めずら》しいことでもない。その恵理さんが、えぐり魔に目を奪われた。えぐり魔に目を奪われた子供たちは、恵理さんを除いた全員がメガネをかけていません。家でも外でもです。つまり、一部マスコミが報道していたように、メガネをかけた子供は安全という説は一応の真実ということになります。ではなぜ、恵理さんだけが、メガネをかけていたのに襲われたのか？　最初の被害者だから、そういった基準がえぐり魔にまだなかったのか？　それとも、ただの偶然なのか？　あるいは、家でのみメガネをかけるという恵理さんの習慣を知らなかっただけなのか？　いろいろ考えましたが、結論はこうです。厳密に言えば、えぐり魔事件の被害者は恵理さんただ一人」

厳密に言えば、被害者は草加恵理だけ？

雨の話を理解しようと努めたが、ジュウの頭は混乱するばかりだった。

「メガネをかけた子供が襲われないのは、えぐり魔が視力の悪い目を欲していないからです。視力が悪いにも拘わらず恵理さんが目を奪われたのは、最初ということもあり、実験的な意味合いの方が大きかったからと考えられます」

「……堕花さん、君はどこまで知ってる？」

草加の表情からは、さっきまでの余裕が消え始めていた。

メガネの奥の瞳《ひとみ》は、油断なく雨を観察している。

「知っているわけではありません。全てはわたしの想像。仮定してみたのです。奪うのは視力の良い目のみ。誘拐は簡単に成功。それを三十五回も続けながら、警察には捕まらない。どんな場合なら、それらは可能になるのか？　その答えが、ビジネスです。そして一連の出来事がビジネスであると仮定すれば、それを実行しているのは恵理さんの親族の誰かである可能性が高いと思いました」

「なぜ、親族なんだ？」

「身近にいて試しやすかったのではないかと」

「……もしかして、俺を疑ってるのか？」

「はい」

雨は平然と肯定した。

「今日、わたしとジュウ様が一緒に来たのを見て、あなたは自分が疑われていると知った。そして少なからず焦《あせ》ったはずです」

「俺は別に……」

「あなたが潔白《けっぱく》ならば、わざわざ場所を変えなくとも良いのではありませんか？　こんな人気《ひとけ》のない店に移動したのは、あなたの中にある後ろ暗さの表れに思えます」

「………」

「必要なら、友人に頼んであなたの口座を調べてみましょうか？　おそらく、ビジネス用に開設したものがあるでしょうし、残高は相当なものになっているはずです」

「……君は賢《かしこ》いね、堕花さん。俺が見込んだ通りだよ」

草加は、降参《こうさん》というふうに肩をすくめて見せた。

事態についていけないジュウをよそに、二人は話を進める。

「去年の暮れに、あなたと初めて会った店の近所で、えぐり魔が現れていますね。あなたと会ってから二週間後のことです。あの日は、犯行現場の下見でもしていましたか」

「まあ、そんなところだ」

「おいくらなんですか？」

「基本は六千万」

「セットで？」

「もちろんセットで」

「おまえら何の話をしてるんだ！」

ジュウはテーブルを乱暴に叩《たた》き、二人の会話を止めた。

「雨、俺にもわかるように説明しろ！」

「はい、ジュウ様。これは事件ではなく、ビジネス。売買行為なのです」

「売買行為？　何を売り買いしてんだよ？」

「それは……」

「俺から説明してやるよ」

草加は、鞄からノートパソコンを取り出した。薄くて小型。最新型らしいそれを開き、軽やかにキーを叩く。そして、画面をジュウに向けた。

「これを見た方が早い。見れば、君の頭でも理解できるだろ」

画面に目を凝《こ》らそうとしたジュウを、雨は止める。

「いけません。ジュウ様、これを見てはいけません」

「おまえは、これをもう見たのか？」

「いいえ。ですが、これが何なのか想像はできます」

草加はクックと低い笑い声を漏《も》らした。

「堕花さんは本当に賢い。どうする、柔沢くん？　無理強《むりじ》いはしないよ。今ここでやめるのもありだ」

いったいこれが何だというのか。

えぐり魔事件と何の関係があるのか。

さっきまでの雨の話も、ジュウはほとんど理解できない。

理解するためには、この画面を見るしかない。

雨の言葉に少しだけ迷ったが、ジュウは見ることにした。

画面に映し出されているのは、何かの一覧表のようだった。

細かい数字がいくつもあり、それが金額だということはわかる。

一桁《けた》台の数字は何だろう？

その隣にある名前は？

日付は？

画面をスクロールする。クリックする。

同意書？

しばらく見ているうちに、ジュウの脳は、その表の意味することを徐々《じょじょ》に理解していった。

それに連れて、ジュウの額《ひたい》に冷や汗《あせ》が浮かび始める。

眩暈《めまい》がした。身体《からだ》がグラリと揺れる。

「ジュウ様！」

椅子から落ちそうになったジュウを雨の手が支え、その背中を優しくさすった。いつもなら余計なこと、と怒るところだが、今は彼女にそうされることで何とか精神の均衡《きんこう》を保つことができていた。

「なんと脆弱《ぜいじゃく》な。見かけは勇ましいが、中身はこんなものか」

草加の嘲笑《ちょうしょう》にも、今は何も言い返せない。

ジュウは大きく深呼吸してから、もう一度表を見た。

そんなバカな……。

こんなこと、あるわけがない。

もしこれが本当なら、みんないかれてる。

関わった奴らは、みんないかれてる。

ジュウは助けを求めるように雨を見つめた。

「……ウソ…だろ？　ウソだよな、これ」

「本物だと思います」

「失礼なことを言うな、柔沢くん。せっかく内部資料を見せてやったのに」

草加はタバコを灰皿に押しつけると、新たな一本を銜える。

「それは正真正銘《しょうしんしょうめい》本物だよ。眼球の仕入れや、価格に関する資料だ」

「じゃあ、おまえが……」

ジュウの声は震えていた。

「……おまえが、えぐり魔か……」

「この商売を考えたのは俺だ。俺一人で全ての作業をやっているわけじゃないが、俺がえぐり魔であると言ってもいいだろうな」

まるで悪びれることもなく、草加はそれを認めた。

こいつが、草加聖司《せいじ》が、捜していたえぐり魔。

三十五人の子供の目を奪った凶悪犯。

そして、子供たちの目を奪った理由、犯行が成功し続けた理由が、この資料。

ジュウには信じられなかった。

「……子供たちの目は、売られたっていうのか」

「そうさ」

「全部、親の同意で売られたっていうのか！」

「もちろん」

煙を吐き出しながら、草加は平然と頷く。

「なんなら、領収書も見せようか？」

ジュウは震える手でパソコンを掴み、画面を凝視《ぎょうし》した。

そこに記されていたのは、子供の名前や年齢。

そして子供の眼球の値段。すなわち親に支払われた金額。

それら売買行為に関する親の同意書。

ジュウはようやく理解した、えぐり魔事件が何なのかを。

雨の指摘した通り、これは事件ではない。

売買行為。ただのビジネス。

子供が簡単に連れ去られるのも、目撃者がいないのも当然だ。

なにしろ、子供の親が誘拐に全面的に協力しているのだから。

親なら、幼い我が子に睡眠薬でも何でも簡単に飲ませることができるだろう。

警察への証言も、おそらくは大半が創作。

みんな共犯だったのだ。

あの日、鏡味桜が迷子になったのも偶然ではなく、誘拐しやすくするため、親がわざと迷子になるよう仕組んだもの。

いきなり子供の目がなくなればさすがに周囲に不審《ふしん》に思われるが、事件の被害者という体裁《ていさい》を整えれば、逆に同情が集まる。一種のカモフラージュになる。

「何でこんな、親が自分の子供の目を売るなんてバカなことを……」

「経済的な理由でしょう」

ジュウを心配そうに見ながら、雨が言う。

「昨日、あれから円に調べてもらいましたが、鏡味桜ちゃんの家は、最近になって父親の実家が経営している会社が倒産し、多額の借金を抱えていたそうです。他の被害者の家族も、お金に困っているところばかりでした」

「おかしいだろ、そんなの。いくら貧乏《びんぼう》だからって、自分の子供の目を売るのか?」

「よほど恵まれた家庭で育ったらしいな、君は」

草加の不快な笑い声が、ジュウの鼓膜《こまく》を嫌らしく舐《な》めた。

「世の中にはね、貧困から抜け出すためなら我が子を売ってでも金を得たいと思う親たちがいる。これは別に、身勝手で薄情なことではないよ。遊ぶ金が欲しいわけじゃない。生きるためだ。家族が生きていくために仕方なく、そういう選択をする親もいる。そういう現実もあるってことさ」

「……鏡味桜の親も、子供の目を売ったのか」

「そう、娘の目を売った。借金を苦にして、実家の両親が入院してしまったらしくてね。とても困っていたんだよ。あんまり哀《あわ》れだったから、金額に少し色をつけてやった」

草加聖司は淡々《たんたん》と言う。

ジュウの中で、様々なものが揺らいでいた。

倫理《りんり》、道徳、法律、常識……。何が正しくて何が間違っているのか、わからない。

雪姫と事件現場を調べ回ったことなど、まったくの無意味だった。

こんな、こんな気持ち悪い事実があるなんて。

草加は店員を呼び、ブランデーのお代わりを持ってこさせた。グラスを揺らして氷を鳴らし、その音と香りをブレンドするようにして味わう。

混乱し、苦しむジュウ。その傍《かたわ》らで、ジュウを支える雨。

それを見て薄笑いを浮かべながら、草加は語った。

「始まりは、今から思えば俺の姪の恵理だろうね。あの子は、頭は悪いんだが、目は綺麗《きれい》だった。こう、なんというか、とてもキラキラと輝くんだな。子供の瞳には純粋な輝きがあるとか、よく言うだろ？　俺もそれには同感でね。あるとき、恵理の目を見てそれに気づいた。その輝きに魅《み》せられた」

そこまでなら、たいしたことではない。

しかし、それは後に草加の運命を大きく変える要素となった。

大手薬品メーカーに勤める草加は優秀な社員であり、上司からも信頼されていた。上司は、草加を様々な人物と会わせた。そうすることで刺激を受け、より上を目指すようになればいい、という配慮《はいりょ》だった。当初は、草加もその意図に従って素直に話を聞いていた。だがあるとき、一人の男が草加に漏らしてしまったのだ、重大な機密を。

その男は人工臓器などを扱《あつか》う会社の人間で、腎臓《じんぞう》や心臓の移植に関しても詳しかった。優秀で前途有望な草加を気に入ったらしい彼は、周りを気にして声を潜《ひそ》めつつも、酒の席でこう教えてくれた。

知ってるかい、草加くん。眼球の移植手術はもうとっくに実現してるんだよ。

それは初耳だった。世間《せけん》一般では未《いま》だに不可能と言われる技術が、もう実現しているというのだ。

どうして報道されないのか、と草加が尋ねると、男はこう言った。

そりゃあ高いからさ、値段が。手術料も高いが、移植用の眼球も高い。移植に使うってことは若くて新鮮で、しかも健康な眼球が必要なわけだが、そんなの、そう簡単に手に入るわけがない。だから、まだ一部の金持ちなどにしかその手術は施《ほどこ》されてないんだ。あまり大きな声じゃ言えないが、この業界、裏社会の方がお得意様が多いんだよ。怪我《けが》をすることが多いからじゃないかな。そういう連中は、金の出し惜《お》しみはしないしね。

こんな話を聞かされても、普通なら困惑《こんわく》するだけだ。酒の席でのこととして、忘れようとするだろう。

だが草加は違っていた。草加聖司という男は違っていた。

儲《もう》け話を思いついたのだ。

新しいビジネス。

貧乏で困窮《こんきゅう》する家庭に、商談を持ちかける。

お子さんの目を売りませんか、と。

金に困って自分の臓器を売るのは、違法ではあるが、世界ではそう珍しい話じゃない。売る奴は大勢いる。眼球だってその流れだと思えばいい。しかも内臓と違って、眼球なら失っても命に別状はないのだ。

こんな商談を持ちかけたところで、常識や倫理観が邪魔をして、そう簡単には受け入れられないかもしれない。

しかし、全ての親がそうだろうか？

全ての親が拒否するだろうか？

なかには、そんな商談を受け入れてしまう親もいるのではないか？

草加はすぐに動き出した。草加は優秀だった。短期間で裏社会の商人と接触し、自分の考えた儲け話を信じさせたのだ。

だが、これだけ突飛《とっぴ》な発案だ。現物がなければ、それ以上は話が進まない。実際に成功して見せなければならない。すぐにそんな親を見つけるのは難しく、刻限が迫る中、草加は取り敢《あ》えず現物を用意することにした。

身近にいいものがある。姪の恵理は、渡したお菓子やジュースを疑いもせずに口に入れるバカな子だ。それに睡眠薬が入っている可能性など考えもしない。頭は悪いが目は綺麗だし、何より若い。そして草加は実行した。成功した。目的のものを手に入れた草加はそれを見せ、裏社会の商人と契約を結ぶことになったのだ。まずはアジア人限定だが、やがては世界規模で広がる可能性のある素晴らしいビジネス。

「思い返してみると、最初のときは本当にヒヤヒヤしたものさ。眼球を取り出すのに必要なスタッフも集めておいたんだが、何しろ初めてのことだろ？　時間がかかったし、切除の仕方もかなり荒かった。まあ、それを反省して徐々に改良し、移植に最適な年齢があの年頃だというのもわかったわけだが」

草加の口調は、普通の苦労話をしているようだった。

罪悪感などまるで感じられない。

ジュウはやっとわかった。

どうして草加が、こんなにあっさりと白状するのか、その理由が。

こいつは、自分が悪いことをしているとは思ってないのだ。少しも思ってないのだ。

だから、雨に言い当てられたことに驚き、悔しく思いながらも、これをいい機会だとばかりに自慢話を始めたのだ。罪の告白ではなく、ただの自慢話。草加は自分がどれだけ上手《うま》くやったのか、それを自慢しているだけだ。

「恵理の目は、結局のところ売り物にはならなかった。視力が悪いと、商品価値も低いんだ。捨てるのはもったいないから、こうしてお守り代わりに持っているがね」

草加は、ポケットからキーホルダーを取り出した。普通ならイミテーションと思われるであろう、二つの眼球。恵理の目に特殊な加工を施し、鎖《くさり》で繋いで作った、世界に一つしかないキーホルダー。

草加が指でつつくと、恵理の眼球はクルクルと回った。

その回転が止まり、二つの眼球がジュウを見つめる。

恵理の眼球。

魂《たましい》の抜けたそれは、もはやただの有機物。

ジュウは、恵理の姿を思い出した。杖《つえ》を使って必死に歩いていた彼女。何食わぬ顔をして隣にいた叔父《おじ》が、自分の目を奪った張本人だということを、その目をこうして弄《もてあそ》んでいることを、あの子は知らない。

何も知らない。

恵理の言葉が蘇《よみがえ》る。えぐり魔を見つけたら伝えて欲しいと、閉じた瞼《まぶた》から涙を流しながら言った、彼女の願い。

『もう、こんなことはやめて』

ジュウは荒ぶる呼吸を必死に制御《せいぎょ》し、草加を睨《にら》みつけた。

体の中で、何かが爆発しそうだった。

これほど誰かを憎いと思ったことは、生まれて初めてかもしれない。

「おまえは、何も感じないのか、あの子の目を奪って……」

「別に」

「おまえ……」

「どうした？　今にも泣きそうな顔してるぞ」

「あの子は、おまえの姪だろ！　よくそんなことができるな！」

「血縁かどうかは関係ないと思うがね」

「あの子が何と言ってたか、おまえも聞いてただろ！　もうやめてくれって、そう言ってたじゃないか！　あの子は、自分のことだけでなく、他の子のことまで心配して、悲しんで、それなのに、おまえ……」

「子供の言葉など、いちいち真《ま》に受けるなよ。バカらしい」

「……おまえ、最悪だ」

「どうも誤解してるようだな」

困ったもんだ、というふうに草加は苦笑を浮かべた。

「君は、まさか俺が、個人的な快楽のためにやってるとでも思ってるのか？　これは仕事だよ。欲求を満たすためにやってるわけじゃない。そりゃあ、まったく何も感じないわけじゃないさ。俺は何でも前向きに考える方だし、どんな仕事も楽しんでやることにしているからね。楽しいか辛《つら》いかと問われたら、わりと楽しいと答えてもいいだろう。子供から目をえぐり取る作業は、やってると病《や》みつきになるんだ。無力で、社会的に守られている存在。そういうものを壊してやるのは、心の何処かを満たしてくれる。ああ、もちろん、それが勝手な思い込みと言われたら否定はできないだろうね。あくまで俺の主観であるし、第三者からすれば理解できない蛮行《ばんこう》だと思われても仕方のないことだろう」

草加は新しいタバコを取り出した。

それに火をつけてから、ブランデーを一口飲む。

「この際だから正直に言うと、俺は子供が嫌いなんだ。目は好きだよ。あの輝きは好きだ。けど、子供そのものは嫌いだ。あの身勝手で考えなしで無遠慮《ぶえんりょ》でチョロチョロ動き回る小さい生き物が大嫌いなんだ。かつては自分もあれだったかと思うと吐き気がするね。相性が悪いのだろうな。もちろん、原因は向こうにある。後から生まれてきた方が悪いに決まってる」

そう言って、ブランデーをもう一口飲んだ。

飲むペースが早いのは、彼なりに興奮《こうふん》しているからなのだろう。

「君たちは飲まないのかな？」

ジュウと雨を交互に見たが、二人は無反応だった。

それを気にするでもなく、草加はまたブランデーを口にした。

「おまえは、ただ金が欲しくてやったのか？」

ジュウの睨みを苦笑で受け止め、草加は答える。

「俺は、いずれは何か大きなことをやるつもりだ。優秀だから、必ず成功するだろう。そのためにも金が要《い》る。裏の業界ってのは、世間一般の常識とは段違いに気前がいいんだよ。資金稼《かせ》ぎにはもってこいってわけさ」

全ては金のため。いかれた思想でも娯楽《ごらく》でもなく、ただ金のため。

「まあ、俺からの説明はこんなところかな。俺はたしかに、えぐり魔だよ。しかし、誰からも恨まれる筋合《すじあ》いはない。困っている人たちを助けてやっただけで……」

炭酸飲料の入ったグラスが砕け散った。

ジュウが拳《こぶし》で叩き壊したのだ。

グラスの破片が拳に刺さり、その傷口から出血していたが、痛みは感じなかった。

心の方が痛い。

雨は素早くハンカチを出し、ジュウの拳に巻くと、取り敢えずの止血《しけつ》を済ませた。

その様子を見て、草加は愉快そうに笑った。

「いったい何をそんなに怒ってるんだ？　俺は、君の家族や恋人や友人を殺したわけじゃないし、傷つけたわけでもない。君は、まったく、全然、何の関係もない。それなのに、どうして君は怒る？」

「おまえが、子供たちの目を奪ったからだ」

「正義の味方か、君は？」

「そんなものはいない。いないから、俺が怒ってるんだ！」

ジュウは拳を握り締めた。ハンカチに赤い染みが広がり、傷口も広がったが関係なかった。

言わずにはいられなかった。

「目を売ることを、親たちは承諾したんだろうさ。だが、子供たちはどうだ？　子供たちは、自分の目が売られることを承諾したのか！」

「別に問題ないだろ。親は承諾したんだ」

「子供は親の所有物じゃない！」

「子供は親の所有物だよ。知らなかったのか？　放っておけば死んでしまう、あの弱い生き物。その気になれば持ち上げて川に落として捨てることもできる、あの小さな生き物。それを仕方なく育ててやってるんだ。ただ血が繋がっているというだけの、お情けでね。親がいなければ子供は生きられない。親がいるから子供は生きられる。生殺与奪《せいさつよだつ》の権利は、親が握っている。そういうのを所有物というんじゃないのか？」

　無知な若者に世間の常識を教えるように、草加は続ける。

「たしかに、目を売った親たちの中には後悔している者もいるだろう。子供も苦しむだろう。だが、そんなのは俺の知ったことじゃない」

「……黙れ」

「じゃあ君は、一家全員で首を吊《つ》る方が良かったというのか？　全員が死ぬよりも、子供一人が少々傷つく方が、ずっと良いとは思わないのか？」

「……おまえ、もう黙れ」

「おいおい……」

「黙れよ。殺すぞ」

　その気迫に驚いたのか呆《あき》れたのか、草加は絶句していた。

　指に挟《はさ》んだタバコの灰が、テーブルの上に落ちた。

「おまえは何にもわかってない。おまえも、子供たちの親も、みんな間違ってる。みんな間違ってるんだ。事情は関係ない。そんなの関係ない。やっちゃいけないんだよ、そんなことは、絶対に……」

「俺がやったのは正当な売買行為だ」

「黙れっつってんだろ！　子供を傷つけて、苦しめて、悲しませて金を得ることが、正しいわけないんだよ！　どんな理屈をつけようと間違ってる！　そんなのは間違ってんだよ、バカ野郎！」

やれやれ、と草加は首を横に振り、雨に問う。

「これが、君の選んだ人か？」

「これが、わたしの選んだ人です」

誇らしげに答える雨。

理解しがたい、という表情で、草加はブランデーを飲み干した。

空《から》になったグラスをテーブルに置き、静かに言った。

「それで、どうする気かな？　俺を警察に突き出すか？　わかってるとは思うが、俺が警察に捕まれば全てが明るみに出るぞ。親が子供の目を売って金を得ていた事実がね。きっと子供は傷つくだろうなあ。一生親を恨む。家庭崩壊《ほうかい》だ。それでもいいのかな？」

「もう終わらせてやる、こんなことは！」

「堕花さん、君も同意見？」

「ジュウ様の御心のままに」

草加は、ため息を吐《つ》きながらノートパソコンを鞄に収めた。逃げ出すかと思ったが、草加にそんな様子はない。

ジュウは携帯電話で警察に通報しようとしたが、表示を見るとアンテナが立っていなかった。

「残念ながら、この店の中じゃ携帯電話は使えない」

吸いかけのタバコを灰皿に捨て、草加は余裕を持った口調で言う。

「君たち、今の日本で、年間どれくらいの行方《ゆくえ》不明者がいるか知ってる？　約十万人だ。それだけの数の人間が、ある日、突然に姿を消す」

草加が急にこんなことを言い出した理由が、ジュウにはわからなかった。

「二人とも、行き先がどこか親に告げてから出かけるようには見えないよね」

こいつ、まさか……。

俺たち二人を始末するつもりか？

ジュウは焦ったが、よく考えてみれば自分も雨も腕には自信があるし、ここは店の中だ。

草加一人でどうにかできるとは思えない。

だがそこで、ジュウは店内が妙に静かなことに気づいた。流れていた音楽が止まっている。巨漢《きょかん》の店員が入り口の扉に行き、ガチャリと鍵《かぎ》を閉めた。もう一人の店員も、カウンターの中から出てきていた。こちらは細身だったが、手にはアイスピックを握っていた。巨漢の店員は無表情で、細身の店員はガムをクチャクチャと噛みながら、ジュウと雨を観察していた。

「この店は、副業で始末屋もやっていてね。この辺りじゃそれなりに知られてるんだよ。金さえ払えば、邪魔な奴を殺し、死体もきちんと処分してくれる」

店内に獲物《えもの》を誘いこんで殺す。

草加は最初からそのつもりだったのか。だから全て白状したのか。

……それとも、これはハッタリか？

その可能性をジュウが検討しようとしたとき、だるそうな声が聞こえた。

酔いつぶれていた年配の男が、目を覚ましたのだ。鈍《にぶ》い動作からしてまだ酔いが抜けていないようだったが、店内を見回し、その異様な雰囲気に眼《め》を瞬《まばた》かせていた。

「んあ？　おまえら何やって」

そこまでしか言えなかった。細身の店員が一瞬で近寄り、男の胸をアイスピックで突いたのだ。アイスピックは正確に心臓を貫き、それが胸から引き抜かれるのを、男は黙って見ていた。何をされたのかわかっていない。胸に赤い染みが広がるに連れて男の体は傾き、受け身も取らずに床に倒れた。口を開き、手で胸を押さえ、ビクビクと痙攣《けいれん》。致命傷なのは明らか。ほんの十数秒で、男は動かなくなった。

細身の店員は、アイスピックに付いた血をナプキンで簡単に拭《ふ》き取った。

ガムを噛みながらの慣れた手つき。いつもやっている証拠。

「この場で顔を見られたら、仕方ないよな」

軽い調子で笑う草加。

……何なんだよ、これ。

ジュウの首筋《くびすじ》に冷や汗が流れた。

こんな、映画みたいなことが現実にあるのか。

簡単に人を殺し、それを笑いながら見るなんて、そんな現実があるのか。

あるだろう。自分の信じてる現実なんて、自分の知ってる範囲内のことでしかない。

壁にある黒い染みは、ここで処分された者たちの血にも見える。地下深いこの店なら、断末《だんまつ》魔《ま》が響いても表には聞こえない。始末屋というのだから、死体の搬送《はんそう》ルートもあるのだろう。海に捨てるか、どこかに埋められておしまいだ。

今どき、高校生の男女二人の失踪《しっそう》事件など、ありふれていて新聞にも載らない。

もしそうなったら、ここで俺が死んだら、紅香はどう思うだろう。

警告を無視して命を落とした息子を、哀れむだろうか。

こんなことなら、雨の言葉に従って雪姫と円を呼んでおくべきだったのだ。

なんて甘い自分。なんて未熟な自分。

どうして俺は、いつも紅香に反発し、雨の言葉も素直には聞かないのか。

焦燥感《しょうそうかん》で埋め尽《つ》くされそうになりながらも、ジュウはそんなことを思った。

包囲するべく近づいてくる店員二人と、ジュウたちの前で余裕の態度を崩《くず》さない草加。店員の動きはこういうことに慣れ切った者のそれであり、殺人への躊躇《ちゅうちょ》など微塵《みじん》も窺えない。草加を含めたこの三人から逃れ、あの長い階段を上り、店の外に出ることが可能だろうか。

どう頑張っても、無傷で脱出することは不可能だとジュウには思えた。

「堕花さん、俺との交際の件、もう一度考え直さないか？」

「お断りします」

「意地を張るのはやめなさい。柔沢くんを傷つけたくはないだろう？　君が俺のもとに来るというなら、彼を見逃してあげてもいい」

まさか、こんな言葉を信じやしないだろうな？

ジュウはそう心配し、雨にチラリと視線を送った。

一瞬交差する二人の視線。

その一瞬だけで、ジュウは雨の意思を完璧《かんぺき》に読み取った。

それが錯覚であるなら、このとき、二人の錯覚は一致したのだ。

草加がさらに何か言おうと口を開いた瞬間、ジュウは草加を狙《ねら》って目の前のテーブルを思い切り蹴《け》り上げた。テーブルをぶつけられ、ソファごと後ろに倒れる草加。呆気に取られる背後の店員二人をジュウが牽制《けんせい》し、その隙《すき》に雨が草加に接近。何とかテーブルをどかした草加の頭を、雨は手にしていたウォッカのボトルでぶん殴った。ボトルが砕け散り、その中身が草加の全身を濡《ぬ》らす。頭を押さえながら怒りの形相《ぎょうそう》を浮かべる草加の濡れた鼻先に、雨は百円ライターの火を突きつけた。

「ＦＲＥＥＺＥ！」

草加だけでなく、雨は店員二人に対しても動かぬよう警告。

「……堕花さん、俺を焼き殺すつもりか？」

「それはあなた次第です」

雨は、最初からこう使うためにウォッカを注文していたのだ。あえてアルコール度数の高いものを選ぶところが彼女の恐ろしさ。ジュウも、そのことに直前で気づいた。

こいつなら、それくらいやると。

「俺にはわかる。君は、常識に囚《とら》われずに生きられる優《すぐ》れた人間だ。俺と同じようにね。だから、君は俺とともに生きるべきなんだ」

「大変な誤解ですね。わたしは、主《あるじ》に仕えることを生き甲斐《がい》とする常識人です」

草加の誘いなど、雨は歯牙《しが》にもかけない。

「降伏しなさい、草加聖司」

「……残念ながら、この店の始末料は全額前払いでね。この意味、わかるだろ？」

店員二人は、雇《やと》い主である草加がどうなろうと仕事を遂行《すいこう》する。

「動くなよ、堕花さん。君が動けば俺は逃げちゃうかもな」

雨の反応を、草加は楽しげに見ていた。

そのやり取りを背中で聞きながら、ジュウは覚悟を決めた。腕時計を外し、雨に巻かれた右拳のハンカチの上からそれを巻き、強く握り締める。呼吸を整え、かつて紅香から聞いた、自分より実力が上の者を相手にした場合の攻略法を思い出した。

こんなところで死ぬつもりはない。まだやりたいことがある。わかっていないことがある。見つかっていないものがある。山ほどある。

巨漢の店員は拳を握って構えた。その肉厚な体には、素人の打撃など通じそうにない。その横で、細身の店員はアイスピックを握った手を左右に揺らしていた。さっきの手際《てぎわ》から見ても動きは速い。しかも正確に急所を狙ってくる。この二人はプロなのだ。

勝ち目は薄いが、それでもやってやる。

こいつらをぶっ飛ばし、それから草加をぶっ飛ばしてやる。

「ほら、来いよ」

ジュウは手招きして挑発し、巨漢はそれに応じた。圧力を伴《ともな》った前進。だが、それを受けるべきジュウの前方に雨が割って入った。

彼女にとって優先すべきは、犯人の確保ではなくジュウの身の安全。

両手を構え、雨は店員二人を迎え撃つ。

「ジュウ様、お逃げください！」

「バカ、そんなことできるか！」

雨を置き去りにして逃げるという選択肢《し》は、ジュウの中にはない。

「どいてろ」

雨を強引にどかし、ジュウは前に出る。その様子は、プロである店員二人からすれば滑稽《こっけい》なものに見えただろう。順番が先か後かの違いだけで、どうせ二人とも殺すのだ。

店員二人は冷静だった。言葉はなく、威嚇《いかく》もなく、焦ることもなく、ただ静かに前に進み、ジュウたちとの距離を縮《ちぢ》めていく。

雨を背中に庇《かば》いながら、ジュウの体が震えた。怒りか恐怖か興奮か。どうでもいい。

えぐり魔は止める。もうここで終わりにしてやる。

「おい、二人とも殺していいが、女の方は、目を傷つけるんじゃないぞ」

楽しげに観戦していた草加が、店員に指示を出した。

目だと？

訝《いぶか》しげな視線を向けてくるジュウに、草加は説明する。

「俺が彼女に惹《ひ》かれた最初の理由はね、その目だ。初めて見たときにピンときたよ。これはいい。加齢による濁《にご》りがなく、深い輝きを持つ極上の目だ。いくつもの目を見てきた俺の眼識に間違いはない。その目で俺をずっと見つめてもらえたら、さぞかし気分が良かろうと思ってね。アプローチしてみたわけさ」

「おまえ、目だけが目的でこいつと……」

草加が初対面で雨を凝視し、それが数分間も続いたのは、目を鑑定していたから。

前に草加が言っていた雨の価値とは、その目のことか。

「いやいや、もちろん真面目《まじめ》に付き合う気はあったよ。彼女の思考は興味深いし、俺のやり方を受け入れるだけの度量もあると踏んでいたから、良いパートナーになれるかもしれないとさえ思っていた。まあ、こういう悲しい結果になってしまったわけだが、予定変更ってことで。

どうせ殺すなら、ついでにその目はもらうとしよう」

草加は、恵理の目を使ったキーホルダーを揺らした。

「それが手に入るなら、これはもういらない」

床にキーホルダーを落とし、草加はそれを踏む。恵理の目は、靴の下でグジュリと潰《つぶ》れた。

ジュウは、恵理の悲鳴が聞こえたような気がした。

「堕花さんの目は、きっといいお守りになる。俺に幸運を呼び込んでくれるだろう。大事に使わせてもらうよ」

「残念ですが、わたしの髪の毛一本、血の一滴に至《いた》るまで、全てジュウ様のものです」

この状況でも平静な雨の声は、不思議とジュウに勇気を与えてくれた。

震える両脚《あし》を拳で叩く。そうしてから一度全身の力を抜き、再び心臓の鼓動《こどう》を速める。

店員二人が二歩進み、ジュウは一歩進んだ。

場を支配する緊張感が爆発しようとしたそのとき、店の扉が激しく揺れた。

店の入り口へと、五人の視線が集中する。

巨漢の店員が扉に近寄り、荒っぽく英語で何かを叫んだ。

再び、扉が揺れた。扉の向こうから、何か硬《かた》い物同士がぶつかるような、そんな衝撃音が何度も響く。

これは、誰かが鍵を壊そうとしている？

一際《ひときわ》大きい衝撃音が響き、鍵は完全に壊れたようだった。警戒する巨漢の目の前で、扉がゆっくりと開く。向こうには誰が、と確認しようとした巨漢の顔面に靴底が沈んだ。それは、開いた扉の隙間《すきま》から突然飛び出してきた長い脚の仕業だった。

その衝撃に大きくのけぞり、潰れた鼻を押さえて苦しげに呻《うめ》く巨漢。その隙を逃さず、雨はジュウの背後から飛び出すと、巨漢の顎《あご》に右肘《ひじ》を叩き込んだ。全身のバネを効《き》かせた見事な一撃。巨漢が悲鳴を上げても容赦《ようしゃ》せず、雨はポケットから取り出したスタンガンで駄目押《だめお》しの一撃。周りのテーブルを巻き込みながら、巨漢は床に倒れる。

以前の教訓から改良を加えられたスタンガンは、巨漢を完全に失神《しっしん》させた。

「いきなり不気味な顔が見えたから思わず蹴っちゃったけど、結果オーライみたいね」

巨漢を蹴った張本人は、円堂《えんどう》円。

扉を押し開いた彼女に続いて、斬島雪姫も姿を見せた。

「まだ生きてるか、二人とも」

雪姫は鍵を壊すのに使ったナイフを捨てると、どこにでもあるような工作用のカッターナイフを握った。カチカチカチ、と刃を押し出す。

彼女には凶器など目に入らないのか、あるいは見えているからこそなのか、雪姫は自然な歩みでアイスピックを持つ店員に接近。悪魔のごとき素早さで、呆気に取られる店員の鼻の穴にカッターナイフの刃を突き入れる。まるで手品のように、鼻の穴へと消えていく刃。痛みよりも恐怖から、店員は顔中から脂汗《あぶらあせ》を流していた。

首をカクンと傾《かし》げ、雪姫は無感情に問う。

「死ぬか？」

店員の手に握られたアイスピックは、少し動かせば雪姫の胸に刺さる位置にあった。

彼女はそれに気づいている。それでも表情一つ変えない。

相討《あいう》ち覚悟。一瞬でそこまで決断できる精神力。

常軌《じょうき》を逸《いっ》した相手だと、店員も察したのだろう。

雪姫が目を細めると、何かを懇願《こんがん》するようにつぶやいた。

「悪いが、英語はわからん」

刃をさらに奥へ突き入れようとする彼女に、店員は低い悲鳴を漏らした。

「彼は、降伏しているのですよ」

「なんだ、そうか」

雨に通訳され、雪姫はつまらなそうにカッターナイフを引き抜いた。血は一滴もついていない。絶妙な力加減だった。

店員は無事に済んだ己《おのれ》の鼻を押さえ、相棒《あいぼう》を、そして草加を見捨てて店の奥へと逃走した。

それを見送りながら、雪姫はカッターナイフを指先で回す。

「さすがプロ。無理はしない」

「雪姫、おまえ、何でここがわかった？」

「君は助けられたくせに、礼も言えないのか？」

ジュウの言葉にやや不満そうにしながらも、雪姫は答える。

「そこらのチンピラを何人かしばき倒して聞き出した。君と雨は、自分たちで思っている以上に目立つからな」

指定された喫茶店にジュウたちは見つからず、電話も通じず、困った雪姫と円は、仕方なく聞き込みをしたのだ。しかも、半《なか》ば力ずくで。

刃物を持った雪姫ならそれくらいやりそうだと、ジュウも納得した。

それにしても、なんと呆気ない乱闘劇か。

それを一番実感していたのは、この場を仕切っていたはずの草加だっただろう。

「……大誤算だな、これは。堕花さん、君が彼女たちを呼んだのか？」

「保険です」

ジュウは冷や汗を拭《ぬぐ》いながら雨の隣に行き、雪姫と円も、草加の逃走を防ぐためにその背後へと移動した。

完全に包囲されて観念したのか、草加は俯《うつむ》きながら言った。

「俺を、警察に連れて行く気か？」

「それがジュウ様のご意思ですから」

この状況では、もはや逃げられない。

だが、顔を上げた草加には、未だ冷笑が張り付いていた。

「堕花さん。君がさっき指摘したことは正しい。厳密に言えば、えぐり魔の被害者は恵理だけだ。恵理の両親、つまり俺の姉夫婦には金を払ってないからな」

「それがどうした」

　今にも殴りかからんとするジュウに、草加は視線を向けた。

「他の子供たちの件は、俺と子供の両親の共犯ということになるだろう。子供たちの命を奪ったわけではないし、それほどの重罪にはならない」

「何が言いたい？」

「柔沢くん、君はいつ頃に結婚するのかな？」

「なに？」

「相手は堕花さんか、それとも斬島さんか、まあどっちでもいいが、いつかは結婚するし、子供をつくるんだろ？」

　訝《いぶか》しむジュウに、草加は悪魔の一言を放った。

「えぐってやるよ」

　えぐり魔は語る。

「俺の刑期は、どんなに長くても、せいぜい十数年というところか。金はあるからね。優秀な弁護士を何人も雇うよ。刑期を短縮し、すぐに自由を取り戻してやる。そうしたら、再起だ。また始めよう、えぐり魔を。えぐってやるよ、柔沢くん。君たちの子供を、可愛《かわい》い子供の目を、えぐって売り飛ばしてやる。もちろん金は払う。ご希望の銀行口座に振りこんで差し上げよう」

　薄ら笑いを浮かべる草加を、ジュウは青ざめた顔で見ていた。

草加はやると思った。

刑期を終えたら、こいつは必ずやるだろう。

ジュウの子供の目をえぐりに来る。

ジュウは、今のところ自分が結婚する未来など考えたこともないが、もしそうなったら、誰かと結ばれ、子供が生まれたとしたら、そのとき、えぐり魔から子供を守れるだろうか。

草加聖司の悪意から逃れられるだろうか。

ここで捕まえても、えぐり魔はやがて復活する。

草加は、ジュウの未来に悪意の種《たね》をまこうとしているのだ。

「どうした？　顔色が悪いぞ、柔沢くん。まだ見ぬ我が子を心配してるのか？　無駄だよ。どんなに警戒しても、子供をさらう方法なんかいくらでもある。必ず、絶対に、えぐってやる。君の子供の目をえぐってやる。ざまあみろだ」

「……てめえ、いい加減にしやがれ！」

ジュウに胸倉《むなぐら》を摑まれた草加は、薄ら笑いを浮かべたまま片手を後ろへやった。そして、後ろのベルトの奥に仕込んであった小型の拳銃を引き抜いた。

「死ねよ、単純バカ」

その銃口がジュウの腹に押し当てられたとき、それはまったくの偶然に起きた。

草加の足が、ウォッカで濡れた靴先が、床の上にある何かに触れたのだ。

それは、草加が吸っていたタバコの吸い殻《がら》。

その中の、まだ火が燻《くすぶ》っていた一本。

その小さな小さな火が、ウォッカに引火した。

火は一瞬で草加の脚を駆け上り、全身を炎で侵略した。

「あ、あ、ああああああああああああああっ！」

バカみたいに大口を開け、草加は絶叫。

「ジュウ様！」

唖然《あぜん》とするジュウに雨が飛びつき、炎に包まれた草加から引き離す。

四人が見ている前で、草加は床の上をのたうち回った。

「ぎゃああああああああああああっ！」

床の上をどんなに転がっても、火は簡単には消えなかった。まるで、今まで彼が苦しめた子供たちが復讐《ふくしゅう》するかのように。

火は消えなかった。

襲いかかる灼熱《しゃくねつ》感。それに伴う激痛。

炎は皮膚《ひふ》を焼き、髪を焼き、瞳を焼き、悲鳴を吐き出す口内も焼いた。みるみるうちに皮膚は変色し、店内に肉を焼く異臭《いしゅう》が漂い始めた。

「だ、誰か火を消せっ！　俺を助けろっ！　助けろぉぉぉぉぉぉっ！」

草加は叫んだ。喚《わめ》いた。泣いた。

床を転がりながら、草加は助けを求める。

火を消すために近づこうとするジュウの腰に、雨は両腕でしがみついた。

「おい、放せ！　放せよ！」

雨は、決してジュウから手を放さなかった。

やがて喉《のど》が焼かれたからか、草加の声は聞こえなくなり、服をあらかた燃やし尽くしたところで火はようやく小さくなった。

鼻をつく異臭が店内に立ちこめる中、ジュウは呆然《ぼうぜん》と草加を見下ろした。

焦《こ》げた皮膚には焼けた服の一部が張り付き、全身から小さな煙が上がっていた。髪が燃え尽き、顔の輪郭《りんかく》も変わってしまったそれはもう、草加聖司には見えなかった。

「……雨、おまえ、何で俺を止めた。何で止めた！」

「彼は、まだ拳銃を握っていましたので、近づけばジュウ様に危険が及ぶ可能性がありました」

草加の手は焼けて茶褐色《ちゃかっしょく》に変化しながらも、まだ拳銃を握り締めていた。

「だからって、おまえ……！」

「怒るのは筋《すじ》違いだぞ、柔沢。あたしも雨に賛成だ。君の安全を優先した彼女の判断は、正しい」

「見殺しにするのが正しいのか！」

「なんだ、君、こいつに生きていて欲しかったのか？」

意外なことを言うな、という顔で雪姫は首を傾げる。

「こいつは多分やったぞ。刑期を終えて出てきたら、同じようなことをやった。有言実行型の悪党だ」

「……」

「えぐり魔が憎かったんだろ？　許せなかったんだろ？　なら、これでいいじゃないか。何が不満なんだ、君は」

こんな奴、死んでしまえばいい。たしかにジュウはそう思っていた。

でも。

「それは……」

「ちょっとあんたら、気が早いわよ」

いつの間にか草加の側《そば》に移動していた円は、煙を上げる体に触れ、脈を確かめているようだった。

「まだ息がある。これなら多分、助かるんじゃないかしらね」

円は救急車を呼ぼうと携帯電話を取り出したが、液晶の表示を見て店内では使えないと知り、ため息を吐く。

「……面倒くさいけど、一度外に出ないとダメか」

店内の惨状《さんじょう》を見渡して、雨が言った。

「円、今回の借りはいつか返します」

「『乙女水滸伝《おとめすいこでん》』、今度全巻貸してよ。わたしは、雪姫と違ってマンガ喫茶は好きじゃないからさ。家でじっくりと読みたいのよね」

「宅配便で送ります」

「じゃあ、それでチャラね」

それだけ言って、円は電話をかけるために階段を上がって行った。

ジュウは弱々しく拳を握り、つぶやくように言った。

「……雪姫、おまえ、最初から全部気づいてたんじゃないのか？」

ある程度はな、と雪姫はそれを認めた。

「みんな同意してやってんじゃないのか、くらいは思っていたさ。雨から電話で詳しく聞くまで、確信はなかったがね。円にはここに来る途中で説明したが、かなり呆れていたな」

「何で、おまえは俺に付き合った？」

「暇《ひま》だったからだ。それに、面白そうだったしな」

「悪かったな、俺の無意味な行動に付き合わせて」

「無意味なんかじゃない。ちゃんと救ったじゃないか。昨日のあの子、柔沢がいなかったら、きっと酷《ひど》い目に遭っていた。君はなかなか良くやったよ」

ジュウは目を閉じたまま、額に手を当て、搾《しぼ》り出すように言った。

「……なあ、これからどうすればいい？　親が関わっていたことを、子供たちに話すわけにはいかない。でも、本当にそれでいいのか？　何か、もっといい方法はないのか？」

雪姫は冷めた表情でそれを聞いていたが、軽く息を吐き、ジュウへの労《いたわ》りを込めるかのように肩に手を置いた。

「柔沢。この世には、いくら考えても無駄なことはある。考える必要のないことは、この世にある。そういうことは考えるな。時間と精神力の無駄遣《むだづか》いだ。君がいくら考えたところで、どうにもならない」

「諦めろってのか？」

「そうだ。そんなことにいちいち引っかかっていたら、生きてなんかいけない」

おそらく、いや間違いなく雪姫は正しかった。

それが賢い生き方だ。ジュウもそう思う。

でも、それを認めたくなかった。抵抗したかったのだ。無駄でも何でも。

「考えましょう」

ぶつける先を失ったジュウの拳を、雨の手が優しく包んだ。

柔らかくて、小さな手だった。

「ジュウ様は、それで良いと思います。お考えください」

「……時間の無駄かもしれねえぞ」

「わたしがお付き合いします」

その言葉に何か礼を言いたかったが、結局、ジュウは何も言えなかった。

こんなときにもプライドを気にする自分が嫌だと思う。でも雨は、ジュウのそんな心情も全部わかってくれているような気がした。

多分、それも錯覚なのだろうけれど。

第6章　朝

事件のその後については、ジュウもテレビや新聞で報道された以上のことは知らない。主犯である草加《くさか》の逮捕《たいほ》と事件の終結がトップニュースとして伝えられ、犯人グループもかなりの人数が判明。大規模な逮捕劇へと発展した。しばらくはマスコミを賑《にぎ》わせ、週刊誌でも真相を究明する特集記事が組まれた。

草加は何とか一命を取りとめたものの、失明したらしい。因果応報《いんがおうほう》だ。こういうときは、神様の存在を少しだけ信じてもいい気になる。

結局、えぐり魔である草加が子供たちの眼球を奪い、売っていたことは報道されても、それに子供の親たちが関《かか》わっていたことまでは報道されなかった。草加に繋《つな》がる者たちは何人も検挙されたが、その件に関してだけは何故《なぜ》か表に出てこなかった。異常な金儲《かねもう》けの手段を思いついた男が、それを実行した。そういう事件として処理された。

政治的判断か、それとも倫理《りんり》的判断か。

そこにどんな力が働いた末の結論なのか、ジュウは知らない。

円《まどか》のコネのお陰《かげ》か、ジュウたちが関わったことも報道されなかった。

なるほど、こうして真相が闇《やみ》に葬《ほうむ》られることもあるのだな、とだけジュウは思った。

特に不満はない。

テレビでは、幼《おさな》い子供を持つ親たちがみんな笑顔で語っていた。

本当に良かった。これで安心して子供たちを外で自由に遊ばせることができる。

子供たちに笑顔が戻った。

幼い子供を膝《ひざ》に乗せた母親がそう言うのを、ジュウは複雑な面持《おもも》ちで見ていた。

たしかに、子供たちを狙《ねら》うえぐり魔は消えた。

危機は去り、救われた。

でも、犠牲者《ぎせいしゃ》である子供たちはどうなんだ？

あの子たちはどうなんだ？

眼球の売買ルートが警察によって解明され、関係者が次々に検挙されても、そんなことが何の救いになるのだろう。

事件後、草加の姉や両親はマスコミから袋叩《ふくろだた》きにあっていた。実の姪《めい》の眼球を金のために奪った冷酷な叔父《おじ》。異常な男を産み育てた責任が親族にはある、というわけだ。その報道を見るのが苦痛になり、ジュウはえぐり魔関連のニュースから次第《しだい》に遠ざかるようになった。

草加恵理《えり》がこの事件の顚末《てんまつ》をどう思っているのか、草加を恨《うら》んでいるのかどうか、ジュウは知りたいような気もしたが、その感情は悪趣味に分類されるものであるのは明白だ。

それに、ジュウが会いたい子は他にいた。

　ジュウと雨《あめ》は、二人で都内の大学病院を訪れた。ジュウは一人で行くつもりだったのだが、雨は当然のようについて来たのだ。どうやら雪姫《ゆきひめ》には今日のことを知らせてないらしく、これは彼女なりの報復なのかもしれなかった。

　病院の近くで花束を買った。それにどれほどの意味があるのか、ジュウにはわからなかったが、雨は香りの良い花を選んでくれた。

　受付で病室の場所を聞き、二人は廊下を歩いてエレベーターに向かう。

　足取りの重さを自覚しながら、ジュウは隣にいる雨に訊《き》いた。

「変に思われないかな?」

「大丈夫でしょう」

　事件の起きた日、偶然に出会った迷子の女の子。その子が大変な目に遭《あ》ったと聞き、驚いた。しばらく迷ったが、事件が終結したことを契機《けいき》に見舞いに行く決心をした。どうか娘さんに会わせてほしい。鏡味桜《かがみさくら》の両親に、ジュウはそう説明した。両親は承諾《しょうだく》し、ジュウはそれにホッとした反面、胸に痛みも感じていた。全《すべ》てを知った今となっても、今回の事件をどう自分の中で整理したらいいのか、まだわからない。

「夢ってのはさ、目が見えなくても見るもんなのか?」

「生まれつき目が見えない場合は音と気配だけの夢を見る、と聞いたことがありますが、それ以外の場合はどうなのか、わたしも詳《くわ》しくは知りません」

「あの子は最後に、何を見たんだろうな……」

エレベーターを待つ間、ジュウは今更《いまさら》ながらに思い出す。

雨は今回のことを、一度も「事件」とは言わなかった。

この件には関わらない方がいい。雨は最初からそう言っていた。

ジュウは、その意味に気づかなかったのだ。この結末を、不愉快《ふゆかい》な結末を、ただ傷つくだけの結末を、彼女は予想し、ジュウに忠告していたというのに。

ジュウは気づかなかった。自分を気遣《きづか》う、雨の配慮《はいりょ》に。

「いろいろと、悪かったな」

「ジュウ様……」

「俺はバカだ。本当にバカだ」

「そんなことはありません」

「何も気づかなかった。ただ怒ってるだけだった」

「ジュウ様は、それで良いと思います」

なぜ、と視線で問うジュウに、雨は静かに答える。

「こんなことを普通に気づいてしまう方が、きっとおかしいのです。これは賢《かしこ》さとは無関係。ジュウ様がご自分を卑下《ひげ》することなどありません」

「でも、俺は何の役にも立たなかった」

右手を見る。グラスを叩《たた》き壊したときの傷痕《きずあと》が、そこには残っていた。

この手で草加を殴り飛ばすことも、ジュウはできなかったのだ。

「ジュウ様は、活躍したかったのですか？」

自分を見上げてくる雨の視線を、うっとうしい前髪の隙間《すきま》から覗《のぞ》く鋭い視線を、ジュウはまともに受け止めた。

彼女は責めているわけではない。

ジュウの本当の気持ちを聞きたいだけなのだ。

だからジュウは、素直に言った。

「……わからん。ただ、何とかしてやりたかったんだ。あの子のために、俺にできることをしてやりたかった。でも、結局は何もできなかった」

「それは違いますね」

「違う？」

「そもそもジュウ様がこの件に関わろうとしなければ、わたしも興味を持ちませんでした。雪姫や円も、関わらなかったでしょう。えぐり魔は、おそらく未《いま》だに続いていたはず。もっと多くの子供たちが犠牲になっていたはず。だから、それを防ぐことができたのは、そのきっかけを作ったのは、ジュウ様なのです」

彼女なりの慰《なぐさ》めにも思えたが、ジュウは黙って聞いておくことにした。

心穏《おだ》やかにいなければ、あの子には会えそうもない。

エレベーターの扉が開き、車椅子《いす》の患者が降りるのを待ってから、二人は乗った。扉が閉まり、エレベーターは緩《ゆる》やかに上昇を始める。二人は八階で降り、受付で教えられた病室の前に着いた。

プレートには「鏡味桜」と書かれていた。

ノックをすると、中から返事。入室の許可をもらい、ジュウは扉に手をかけた。横開きの扉は重そうに見えたが、力の弱い老人でも開けられるような構造になっているらしく、片手でも楽に開いた。

病室の中は、窓から射し込む日の光で満たされていた。

近くにいた母親らしき女性に、ジュウと雨は頭を下げて名乗り、挨拶《あいさつ》を交わした。

「お二人とも、わざわざありがとうございます」

鏡味桜の母親は、少しやつれてはいたが、まだ若い、二十代後半くらいの女性だった。

ジュウは彼女に花束を渡し、次にベッドの方に視線を移した。

パジャマを着た桜がベッドの上で上半身を起こし、目の周りに巻いた包帯を看護師に取り替えてもらっているところのようだった。桜は何やら駄々《だだ》をこねており、あまりに包帯を嫌がる彼女に看護師も手を焼いたのか、ジュウたちの来訪も気にして、「また後で来ます」と言い置いて病室を出て行った。

包帯を解かれてスッキリしたらしく、桜は目の辺《あた》りを手の平でこすっていた。

母親が、ため息混じりに言う。

「桜、あなた、わがままばかり言って……」

「もー、うるさいなあ」

桜は口を尖《とが》らせたが、そこで病室にいるジュウたちの気配に気がついたようだった。

「誰か来たの、お母さん？」

「柔沢《じゅうざわ》さんと堕花《おちばな》さんよ。二人とも、あなたのお見舞いに来てくれたの」

首を傾《かし》げる娘に、母親は少し言い辛《づら》そうに説明する。

「ほら、あの日、迷子になったときに、背の高い優しいお兄さんに会ったって、あなた言ってたでしょ？　その柔沢さん」

「じゅうざわ……？」

ジュウはベッドに近づき、桜の顔のすぐ側《そば》に自分の顔を寄せた。

「もう忘れちまったかな？」

しばらく記憶を探っていた桜が、その声を聞いてあっと口を開けた。

「ジュウだ！」

「記憶力がいいな」

ジュウに誉《ほ》められ、桜は嬉《うれ》しそうに笑う。

その光景をじっと見つめる雨の横で、母親は花束を花瓶《かびん》に入れようとしていた。

雨はさりげなく言った。

「お疲れのようですね」

「ええ、いろいろと大変で……」

「寝不足ですか?」

「そうね。最近は、あまり眠れないわ」

「これからも、ずっとそうかもしれませんね」

そのとき母親が浮かべた形相《ぎょうそう》を、ジュウは後々まで忘れなかった。

雨を見る醜《みにく》い目つきも、忘れなかった。

後悔と悲しみと非難と恨みと怒りと屈辱《くつじょく》の入り混じったそれは、えぐり魔の犠牲者の親であり、えぐり魔の共犯者でもある人間の顔。

草加が警察に捕まったことで、子供の目を売ることを承諾した親たちは、最初は戦々恐々《せんせんきょうきょう》としていたに違いない。自分たちも捕まるのだと、覚悟したに違いない。しかし、いつまで経《た》っても警察がやってくることはなく、マスコミの報道は徐々《じょじょ》に減り、結局、自分たちの罪は明るみに出なかった。

それを喜んでいるのか。いや、もしかしたら今でも怯《おび》えているのか。いつ捕まるのかと。いつ子供を裏切ったのがばれるのかと。

だから、雨の些細《ささい》な言葉にも敏感に反応してしまうのか。

あなた何か知ってるの?

そう言いたげな母親の視線を受けながら、雨は平坦《へいたん》な口調で言った。

「お体は大切にしてください、桜ちゃんのためにも」

月並みな言葉。

それを聞き、母親は自分の心配が杞憂《きゆう》に過ぎないと思ったらしい。

笑顔を取り繕《つくろ》うと、

「花瓶のお水、替えてくるわね」

と言い、足早に病室を出て行った。

それを見送りながら、ジュウは思う。

これから先も、親たちはああやって生きていくのだろうか。

心の平穏《へいおん》は一生訪れない。それが犯した罪の報《むく》い。

「ジュウ、抱っこしてくれる？」

「おう」

ジュウは、ベッドから桜を抱き上げた。

ここしばらく病院にいたからか、彼女はとても軽い。桜の顔は、瞼《まぶた》が閉じられていることを除けば以前と変わりない。目立つ外傷もなく、顔色も悪くはなかった。

ジュウにしがみつく桜の小さな手から感じるのは、誰かの温《ぬく》もりを求めるような、そんな力。明るく振る舞ってはいても、突然に暗闇《くらやみ》の中に放り出された不安感をそう簡単に克服《こくふく》できるわけがない。ましてや、彼女はまだ六歳なのだ。

優しく自分を包んでくれるジュウの感触に、桜は幸せそうに微笑《ほほえ》んだ。

「ジュウ、あったかいね」

「そうか？」

ジュウは、努めて明るい口調で言った。

精一杯《せいいっぱい》の笑顔も添える。それが彼女に見えなくても。

「悪い人、捕まったんでしょ？」

「まあな」

「正義の味方は、やっぱりいるんだね」

「……そうだな」

事件の顚末を、まだ幼い彼女はどう聞いているのだろう。ただ「犯人が捕まった」とだけ伝えられているのかもしれない。誘拐《ゆうかい》された桜が何かを覚えている可能性もあるので、ジュウもそれを思い起こさせるようなことを話す気はなかった。

桜は、小さな手で探るようにジュウの顔をペタペタと触る。そして、自分の顔を何度か近づけたりしていた。

「どうした？」

「やっぱり見えない」

瞼を手の平で擦《さす》り、桜は不満そうに言った。

「いい子にしてたら治るって、お母さんは言うんだけど、全然見えない」

硬直するジュウに気づかず、桜は続ける。

「ずっとね、夜なの。朝が来ないの。早く治らないかなあ」

鏡味桜の閉じられた瞼は、二度と開くことはない。

草加は、商品である眼球には細心の注意を払っていたが、子供たちには最低限の処置しか施《ほどこ》さなかった。健康な眼球の強引な摘出《てきしゅつ》手術は、目の周りの神経をズタズタに傷つけ、もはや瞼を動かすことすらできないのだ。

既《すで》に売られてしまった桜の眼球の行方《ゆくえ》は警察が調査中。

運良く見つかったとしても、それを再び桜に移植することなど不可能だろう。

「約束、覚えてる?」

桜は左手の小指を立てた。

「……ああ」

「ごめんね。治るまで描けないの。治ったら、絶対ジュウの絵を描くからね」

「……ああ、そうだな」

俺はウソつきだ。

桜の顔を見ていられず、ジュウは目を閉じて奥歯を噛《か》み締めた。

窓から吹き込む優しい風が、二人の髪を揺らす。

「ジュウ、今日って、いい天気?」

「ああ、いい天気だ」

「空は青い?」

「ああ、青い」

「見たいなあ」

ジュウは目を開けると、桜の求めに応じるように窓辺へ移動した。

空は雲一つない快晴だった。

強い日差しにジュウは目を細めたが、桜は何も感じない。

「これから寒くなって、暖かくなって、春になったら桜が咲くんだよね？」

「ああ、そうだ」

「そしたら、わたしは一年生」

「そうだな」

「わたしの行く小学校にもね、おじいちゃんちみたいに大きな桜の木があるの」

「そうか」

「でも、やっぱりおじいちゃんちの桜が一番きれい。今度、ジュウにも見せてあげるね、おじいちゃんちの桜。すっごくきれいだから、ぜったいビックリするよ」

無邪気な笑顔を浮かべ、桜は言う。

「治ったら、一緒に見ようね」

ジュウは口を開いたが、声は出なかった。言葉が見つからない。

桜は空を見上げるように上を向き、しかしどうやっても何も見えないとわかると、寂《さび》しそうに呟《つぶや》いた。

「早く治るといいなあ……」

小さな手ですがりつくように、桜はジュウの服をギュッと摑《つか》む。

「暗いの、やだな」

ジュウの唇《くちびる》が震え、肩が震えた。口元を引き結び、ジュウは喉《のど》の奥から込み上げてくる嗚咽《おえつ》を必死に留めたが、涙がこぼれてくるのは防げなかった。

幼い彼女に両親と医者がどう現状を説明したのか、これからどう説明するつもりなのか、ジュウにはわからない。ジュウには何も言えない。何も言えない。

桜に泣き声が聞こえぬよう歯を食いしばるジュウの背中に、雨の手がそっと触れた。

涙に濡《ぬ》れたジュウの視線を受けた雨が、静かに頷《うなず》く。

桜を雨に渡し、ジュウは病室の壁に額《ひたい》を押し当てた。

そして、声を殺して泣いた。

その僅《わず》かな嗚咽を聞いた桜が、不思議そうに雨に尋ねる。

「ジュウ、どうしたの？」

「お兄ちゃんは、お祈《いの》りしているのです」

「おいのり？」

「神様に、お祈りしているのです。早く、朝が来ますようにと……」

第7章　再び、本日は晴天なり

さてどうしたものか。

「はい、列通りまーす！　列通りまーす！」

「本日、新刊ありますよ！」

「最後尾はここじゃありません！　向こうです！」

「コピー誌一冊百円です。お釣りのないように、百円玉用意してくださーい」

場所は秋葉原《あきはばら》。電気街の近くにある某ビル。そこの七階で繰り広げられている活気溢《あふ》れる空間の中で、ジュウは途方にくれていた。

メモに従って着いた場所が、ここだったのだ。

会場内に整然と並べられた無数の長机。その上に置かれているのは、様々なアニメやマンガの同人誌。ここは、いわゆる同人誌即売会というやつだろう。

それくらいの知識はジュウにもある。以前に、テレビで観《み》たことがあったからだ。

何でこんな場所で待ち合わせなんだ……。

一応、おかしいとは思ったのだ。地図を書いたメモと一緒に、薄い冊子を渡されたときに。

しかし、まさかそれが入場券も兼《か》ねたカタログだとまではわからず、待ち合わせ場所がこんなイベント会場内とも思わなかった。

どうしてジュウがここにいるのかというと、ある日、雪姫《ゆきひめ》から電話があったのだ。

一緒に遊ぼう、という誘いの電話。

それを素《そ》っ気《け》なく断るジュウに、雪姫はこう言って食い下がった。

「面白《おもしろ》いもんが見られるよ」

「興味ねえな」

「見たら絶対驚く。間違いないね」

「くどい」

「マジで驚くって。あたしの処女を賭《か》けてもいいから」

「賭けるなよ」

「とにかく来て。でないと、これから毎晩、柔沢《じゅうざわ》くんの家に押しかけちゃうかも」

雪姫なら本当にやりそうな気がした。

詳《くわ》しく話を訊《き》いてみると、既《すで》に雨《あめ》や円《まどか》も誘っているという。特に雨は、ジュウが来るならば行くということで、あとはジュウ次第《しだい》らしい。

仕方なく、ジュウはその誘いに乗ることにした。今回の件で、彼女たちに借りがあるような気もするし、そのくらいの妥協《だきょう》はしてもいいように思えたのだ。

しかし、これは完全に予想外だった。

雪姫は、何を考えてこんな場所に自分を誘ったのか？

帰ろうかとも思ったが、帰るにしても、取り敢《あ》えず彼女たちに何か言ってからでないと気が収まらない。

ジュウは彼女たちを捜すことにした。いつもならジュウの隣にいるはずの雨だが、今日は先に雪姫たちと合流しているはずだ。理由は想像できる。こういうイベントは、彼女にとってたまらない娯楽《ごらく》なのだろう。

ため息をつきたいのを我慢《がまん》し、ジュウは会場内を見て回る。ビルの一フロアを使った会場は、体育館ほどの広さであり、捜すのはそれほど困難ではないはずだ。参加者の人波を避《よ》けながら、ジュウは会場内を進んだ。

同人誌を手に取りながら、誰もが楽しそうに会話している。至《いた》るところで話し声がする会場は、独特の活気に満ちていた。

ジュウは、自分が完全に場違いであることを感じる。

無趣味の身としては、羨《うらや》ましくもあるのだが。

会場内を見回していると、壁際に人だかりができているのが目に入った。そこにはコスプレをした者たちが何人も立ち並び、小さな撮影会が開かれているようだった。どれもジュウの知らないアニメかマンガのキャラだが、なかなか際《きわ》どい衣装の女性などもいて、カメラを構えた者たちからは熱い視線を注がれていた。

前に雪姫から聞いた話だと、会場でコスプレをしている人は写真に撮られることをある程度は意識しており、本人に了解を取れば撮影してもかまわないとイベントの規約にもあるらしい。雪姫が言うには、写真に撮られるのはわりと快感だとか。変身願望を満たすには、それを見てくれる者の存在が不可欠《ふかけつ》というわけだ。

カメラのフラッシュが何度も明滅し、かなり熱心に撮影が続いていた。

これまた、ジュウには場違いな空間だ。

「ちょっと」

後ろから声をかけられたので振り向くと、そこには円が立っていた。肩から大きなスポーツバッグを担《かつ》ぎ、相変わらず無愛想《ぶあいそう》な顔だ。

「円堂《えんどう》さんか。あいつらは一緒じゃないの?」

それには答えず、円は嫌そうにジュウの全身を眺《なが》めてから、ぶっきらぼうに言った。

「……なるほど、しょぼくれてるみたいね」

「は?」

意味がわからなかったが、ジュウは言い忘れていたことを口にする。

「今回、いろいろ迷惑かけて悪かった。ありがとう」

「本当に悪いと思うなら、雨と縁《えん》を切りなさい」

「………」

「ウソよ。それは、あなたとあの子、二人が決めることだしね」

円は口の端を曲げた。一応笑っているらしい。

「あの子たちなら、こっちにいるわ」

ついてきなさい、とも言わずに歩き出す彼女の後に、ジュウは続いた。

円の向かった先は、会場内の隅《すみ》。一際《ひときわ》大きな人だかりのできた空間であった。そこでも撮影会をやっているらしい。

「二人とも、あそこ」

と人込みの中心を指差す円。

「あそこって、あいつら何を……？」

「誰かさんのためにやってるんだから、ちゃんと見なさい」

わけがわからなかったが、円はそれ以上説明する気はないようだった。ジュウは人込みを掻《か》き分けて、前に進む。

そういえば、雪姫はコスプレをする女だったな……。

それなら何をしているかは、だいたい察しがつく。

しかし、ジュウの予想は少し外れた。

カメラのレンズが集まる中心にいたのは、二人のメイドだった。

手作りと思《おぼ》しきメイド衣装を身につけた少女が二人。片方のメイドは、髪に白いリボン、頭に猫耳、手には竹箒《たけぼうき》。もう片方のメイドは、髪に赤いリボン、頭に猫耳はなかったが、手には銀のお盆を持っていた。

人々の視線は二人の容姿に釘付《くぎづ》けであり、ジュウも、違う意味で釘付けになっていた。

「あ、あいつら……」

白いリボンを揺らし、竹箒を持ちながら笑顔を振り撒《ま》いているメイドは雪姫だった。

「こっちに視線くださーい！」

「はーい！」

「こっちにもお願いしまーす！」

「はいはーい！」

カメラのレンズを向けられると、雪姫はすかさずポーズを取る。彼女らしいサービス精神だ。雪姫が片手で竹箒を回して見せると、周りからは拍手喝采《はくしゅかっさい》。天真爛漫《てんしんらんまん》な彼女の魅力に、写す側も熱が入る。ここまでは、ジュウも予想の範囲内。

問題はその隣だ。

雪姫の隣にいるメイドは、どう見ても雨だった。

雨は、雪姫とは対照的に人形のように無表情で、もちろんポーズなど取ることもない。手に銀のお盆を持ったまま、ぎこちなく立っているだけだった。しかし、前髪を綺麗《きれい》に整え、普段は見えにくい素顔をさらしている彼女は随分《ずいぶん》と印象が違う。それだけで、いつもの陰気さが凛々《りり》しさに変わってしまうのだから不思議だった。ただ立っているだけなのに、それが見事に絵になる。

雪姫が己《おのれ》の失敗すらも面白おかしく話す陽気なメイドだとすれば、雨は主人の言いつけを忠実に守る生真面目《きまじめ》なメイド。カメラのフラッシュを浴びる回数は雪姫の方が多いが、雨を写す者は、何かにとり憑《つ》かれたかのようにシャッターを切り続けていた。

ジュウの近くにいた女性が、雨を見ながら熱い羨望《せんぼう》のため息を吐《つ》いた。いくらか見慣れているはずのジュウでさえ思わず見とれてしまったのだから、それも無理はない。

雪姫の言っていた面白いものって、これか……。

視線を動かすと、見物人とカメラを構えた者たちから少し離れた位置に、円が立っていた。裏方に徹するタイプらしい。ジュウもそっちに移動しようかと思ったところで、その姿を雪姫に見つけられてしまった。

「あーっ、柔沢くんだ！」

ご丁寧《ていねい》に指まで差して呼びかけてくる雪姫が恨《うら》めしい。周りから、明らかに嫉妬《しっと》の込められた視線が集中砲火となって浴びせられ、ジュウはこの場から逃げ出したくなったが、雨がこちらに気づいたのを見てそれもできなくなった。

何故《なぜ》だかわからないが、彼女の前で情けない姿は見せたくない。

開き直って堂々とするジュウに、二人が近づいてきた。

「柔沢くん、どう？　今回は『魔法のメイドさん』シリーズなの。あたしがドジッ娘《こ》メイドのクーカで、雨がそのライバルのレイチェル。二人とも正体は魔法少女なんだよ。ご主人様LOVEで、恋愛ネタもバッチリ充実」

「おまえが作ったのか、その衣装？」

「円と雨、それに光《ひかる》ちゃんにも手伝ってもらったよ。で、柔沢くん、ご感想は？」

「似合ってる」

「お、今日は素直じゃん！　じゃあ、こちらは？」

雪姫は雨の背中を押し、ジュウの前へと進ませた。

改めて、雨の姿をじっと見つめるジュウ。

雨は、珍《めずら》しく緊張した面持《おもも》ちで立っていた。

その衣装とあいまって、それはまるで主人の叱責《しっせき》を待つメイドにしか見えない。

「……何か変でしょうか？」

「いや、悪くない」

いろいろ言うべき言葉があるような気がしたが、ジュウはそれだけしか言えなかった。

だが、たったそれだけの賛辞で雨の顔は耳まで真っ赤に染まり、恥《は》ずかしげに、あるいは嬉《うれ》しげに俯《うつむ》いてしまう。

その反応を見てジュウも急に恥ずかしくなり、しかしどうすることもできず、二人は向き合ったままお互いに黙り込んでしまった。

そんな二人の姿を、雪姫がちゃっかりカメラに収めていたことをジュウが知るのは、後日のことである。

更衣室《こういしつ》で着替えを終えた二人を加えて、ジュウたち四人は会場近くのファミレスに入った。少しだけ、事件の話もした。あの日以来、ジュウは鏡味桜《かがみさくら》とは一度も会っていない。桜は、退院するとすぐに家族で田舎《いなか》に引っ越していた。傷の療養のため、というのが理由らしい。

それを聞いた雪姫は、

「なーんか、共犯者の後ろ暗さがありありだよねえ」

と、相変わらず言いにくいことをハッキリ言っていた。

円は興味がない様子で、ジュウは何も言わず、雨も無言だった。

店の外に出ると、まだまだ暑い日差しが照りつけていた。

隣にいる雨は、いつものうっとうしい前髪。見慣れたその髪型は味気なくもあるが、ジュウは嫌いじゃなかった。コスプレそのものは雨の趣味ではなく、今回は雪姫の誘いに乗っただけで、雨がやるのは今日が初めてだったらしい。

なぜ急にそんなことをしたのか。

ジュウは、円が言っていたことを思い出す。そこから考えてみると、まるで二人はジュウのためにコスプレをしたとも受け取れた。

それってまさか、俺を元気づけるために……か？

たしかに、あの事件での自分の不甲斐《ふがい》なさは痛烈な記憶として残っているし、落ち込んでいると指摘されたら、否定できないだろう。

そんな俺を見るに見兼《みか》ねて、ということか。

どうせ、そんなくだらない発案をしたのは雪姫なのだろうが、雨はそれを信じたのか。なんか騙《だま》されてるぞ、おまえ。

ジュウは雨の意外な単純さに呆《あき》れたが、それは嫌な気分ではなかった。

悔《くや》しいが、彼女たちの作戦は成功らしい。

ここは礼を言っておくべきだろうか。

「おまえ……」

「はい、何でしょうか？」

雨に真剣に見つめ返され、ジュウは咄嗟《とっさ》に話題を変えた。

「……その、ああいう格好《かっこう》をさ、誰かに写真に撮られるの嫌じゃないのか？」

「写真、ですか？」

「こう言っちゃ何だが、ああいう場所で撮られる写真てのは、まあ、そういう目で見られてるのと同じだろ？」

「そういう目？」

「柔沢くんが言いたいのはね、オカズを目的に撮られてるかもしれないぞってこと」

きょとんとしている雨に、雪姫があっけらかんと解説した。

ジュウは曖昧《あいまい》に認める。

「ま、まあ、そういうことだ……」

「理解しました」

この手の話には鈍《にぶ》いらしい雨は、なるほど、と頷《うなず》いた。

「平気なのか？」

「あの場のカメラのほとんどは、雪姫を写していましたから」

「いや、おまえを写してた奴《やつ》も結構いたと思うが……」

「そうなのですか？　物好きな人もいるようですね」

平然とそう言えてしまう雨の神経にジュウは呆れたが、彼女らしいとも思えた。

「そういう目的で写真を撮られることに、わたしは特にストレスは感じません。そういう者たちが、現実のわたしを手に入れることは未来永劫《みらいえいごう》ありませんから。せめて写真や妄想《もうそう》くらいは許してあげてもいいでしょう。情けというやつです」

この妙な屁理屈《へりくつ》は、いかにも堕花《おちばな》雨。出会った当初から、彼女は一貫して変わらない。

多分、彼女はずっとこのままなのだろうと、ジュウは何故だかそう確信できた。

雪姫は早売りの店に行ってマンガを買うと言い、円も馴染《なじ》みの店に顔を出すと言うので、四人は駅前で別れることにした。

コスプレ衣装の詰まったスポーツバッグを肩に担ぎ、円が言う。

「雨、家に『乙女水滸伝《おとめすいこでん》』届いたわ。あれって新品のように綺麗だけど、全部初版なのね。しかも一巻目はサイン本。いいの、あんなの借りて？　大事なものじゃないの？」

「かまいません。本当に大事なものは、他にありますから」

「……そう」

円は、一瞬だけジュウと視線を合わせた。

それは好意的なものなのか、その逆なのか、判別しがたいものだった。おそらく円は、ジュウと雨の関係をあまり快《こころよ》く思っていないのだろう。厄介事《やっかいごと》を持ち込む面倒《めんどう》くさい男、とでも思われているのか。

だとしたらその通りだ、とジュウは思った。

雨にとって、自分はプラスを与えられる人間ではないかもしれない。

それに気づきながらも、深く考えないようにしている自分。

そのへんの問題は、当分の間は保留である。

逃げるようだが、立ち向かうばかりが人生じゃないさ。

「ねえねえ、柔沢くん。ちょっとお願いがあるの」

雨が円と話しているのを横目に見ながら、雪姫が小声で言う。

「妙なことじゃなければいいぞ」

「簡単なことだよ。あのね、あっちを向いてくれない?」

雪姫は、右手の方にあるコンビニを指差した。

何なんだ?

理由もわからず、そちらを向くジュウ。

その頬《ほお》に、何か柔らかいものが軽く触れた。

慌《あわ》ててジュウが正面を向いたときにはもう、雪姫は離れていた。

「雨には内緒だよ？」

唇《くちびる》に人差し指を当て、片目を閉じる雪姫。

狼狽《ろうばい》するジュウをからかうように微笑《ほほえ》みながら、雪姫はクルリと背を向けた。

「そんじゃ、また遊ぼうね」

「おまえ何で……」

ジュウの追及をかわすように、雪姫は軽やかに走り去って行った。

後ろ姿からでもわかる。笑ってやがるな、あいつ。

どういうつもりなのやら……。

ふと、ジュウは思った。

成功に導いてくれるのが天使だとしたら、失敗を受け入れてくれるのが悪魔だ。

堕花雨と、斬島《きりしま》雪姫。どちらが天使でどちらが悪魔か。

くだらない妄想である。

しばらくして、円は雨にだけ挨拶《あいさつ》をし、雪姫とは逆の方向に歩いて行った。大股《おおまた》で進む姿は、何とも勇ましい。

「おまえの友達、いい奴らだな」

「あの二人は、ジュウ様のことも友達と思っていますよ」

「……そっか」

それは嬉しいことなのだろう、多分。

　ジュウたちは切符を買って駅の改札口を抜けると、エスカレーターでホームに上がった。いいタイミングで来ていた電車に乗ると、これまたちょうどいい具合に座席が空《あ》いていた。荷物を網棚《あみだな》に載せ、ジュウは雨と並んで座席に腰を下ろす。

　ゆっくりと走り出す電車に揺られながら、ジュウは思い出した。

　以前の話の続きだ。

「なあ、俺たちは、どこに向かってるんだ?」

　多くの失敗、挫折《ざせつ》、後悔、そしてささやかな成功、あるいはぬか喜びを繰り返し、自分たちはどこに向かっているのだろう?

「これは正解ではないかもしれませんが……」

「いいよ。おまえの答えを聞いてみたい」

　わかりました、と雨は頷いた。

「我々が向かっている先にあるのは、自分です」

「自分?」

「はい。我々はこの世に生まれ落ちたそのときから、自分に向かって進み続けています。生きた分だけ自分に近づく。生きた分だけ自分を知る。生きた分だけ自分を理解する。そういうものだと、わたしは思います」

「その解釈だと、俺たちはまだ十七年分しか自分のことがわかってないことになるな」

「まだまだ未熟です」

「そうだな、未熟だ」

ジュウは、雨の答えが気に入った。

重要なのは正解かどうかじゃない。気に入るかどうかだ、と思う。

自分がどういう人間なのか、ジュウは未《いま》だによくわからない。

未熟なのだ。そう認めよう。素直に肯定しよう。それは、決して悪い事ではないはずだ。

少し気分が上向きになったからか、電車の揺れがいつもより穏《おだ》やかに感じられた。

流れる景色は平凡で、それが視覚に優しい。

ジュウは久しぶりに、ただぼんやりと窓の外に広がる空を見ていた。

雲を追い越すようにして走る電車。

「本のお話をしましょうか？」

不意に、雨がそう言った。

図書室で会った際にジュウに言われたことを、彼女は覚えていたのだろう。

ジュウの言葉なら、雨は忘れない。

「例《たと》えばどんなのがあるんだ？」

「小説でしたら、素手《すで》で一億人殺した男の大活劇『ＶＳ地球』。飢餓《きが》に苦しむ主人公たちを描いた『幸せを呼ぶ核戦争』。セリフが一切《いっさい》ないコメディ『ボクとクボ』。他にも、生まれたときから老いていた赤ん坊の物語『さよならＱ人類』など、いろいろあります」

「……なるべくソフトなのを頼む」

「わかりました。では」

電車の音に紛《まぎ》れない程度には明確に、しかし、不愉快《ふゆかい》にならない程度には控《ひか》え目な声で、雨は話し始めた。それは、泣き虫の騎士が、たくさん傷つきながらも人々を救う話だった。外国の童話だろうか、と思いながら、ジュウはそれを聞いていた。

ずっと昔を思い出す。紅香《べにか》にねだり、絵本をたくさん読んでもらったこと。

今から思えば、あれは娯楽であると同時に、癒《いや》しでもあったような気がする。

あの頃の自分が、まだどこかに残っていた。

世界が怖くて怖くてたまらなかった自分。

明るくなり、暗くなり、雨が降り、雪が降り、雷が鳴り、風が吹き、暑くなり、寒くなり、たまに地面が揺れる、この騒がしい世界が怖かった。

子供が大きな声で泣くのは、みんなに知ってほしいからだ。

自分がどれだけ怖いのか、悲しいのか、寂《さび》しいのか、知ってほしいからだ。

今でもまだ、この世界が怖いのだろうか。

わからないけど、でも、まあどうにかなるさ。

なんとか生きていけると思う。

そう思うことにしよう。

物語を話す雨は少しだけ楽しそうに見え、それが伝わったかのように、ジュウの顔からも笑みがこぼれる。それは無意識のもの。意識したら消えてしまうもの。

窓から吹き込んでくる生暖《なま》かい風が髪を揺らし、電車の震動が体を揺らし、彼女の声が心を揺らす。少しだけ、そう感じる。

ジュウは今しばらく、雨の話に耳を傾けることにした。

――おわり――

あとがき

二冊目です。作者本人が一番驚いています。

まさか、続編を書く機会をいただけるとは思いませんでした。

嬉《うれ》しくて苦しくて不安で楽しみです。

読者のみなさまのご期待に応《こた》えられるよう、頑張ります。

さて唐突《とうとつ》ですが、最近不思議な体験をしました。

ある日、わたしは映画館に行くために電車に乗り、その揺れに身を任せているうちにウトウトし始め………気がつくと、映画館の前にいたのです。

普通に、チケット売り場の列に並んでいたのです。

電車に乗ってたはずの、わたしが。

……あれ？

困惑《こんわく》しているうちに列は進み、わたしの順番が来たので財布を開くと、そこには硬貨にまざって電車の切符が入っているではないですか。印刷された日付からしても、間違いなく今日電車に乗るときに買ったものです。

切符が残っているので、自動改札口を通らずに駅を出てきたのでしょう。

全然覚えていません。

電車を降りた記憶も、映画館まで歩いた記憶も一切無いのです。その断片すらも。

ちょっと怖くなりました。

この話を友達にすると、こう言われました。

「それはきっと妖精の仕業《しわざ》だ。疲れてるおまえを哀《あわ》れんで、妖精が運んでくれたんだよ」

そうだったのか。

妖精さん、ありがとう。

これからも、たまにでいいですから助けてください。

でも怖いのは苦手なので、突然「ばあ」とか顔出すのはNGです。


今回、ノロマなわたしを辛抱《しんぼう》強く待ってくださった担当の藤田《ふじた》さん、イメージピッタリの素敵なイラストを描いてくださった山本《やまもと》さん、編集部のみなさま、そしてこの本を読んでくださった読者のみなさまに、心から感謝いたします。ありがとうございました。

片山憲太郎

この作品の感想をお寄せください。

あて先　〒101-8050　東京都千代田区一ツ橋2-5-10
集英社　ダッシュエックス文庫編集部　気付
片山憲太郎先生　山本ヤマト先生

ダッシュエックス文庫

電波的な彼女
～愚か者の選択～
新装版

片山憲太郎

2020年7月27日　第1刷発行

★定価はカバーに表示してあります

発行者　北畠輝幸
発行所　株式会社　集英社
〒101−8050　東京都千代田区一ツ橋2−5−10
03(3230)6229(編集)
03(3230)6393(販売／書店専用) 03(3230)6080(読者係)
印刷所　株式会社美松堂／中央精版印刷株式会社

ISBN978-4-08-631375-9 C0193

ダッシュエックス文庫

電波的な彼女 新装版

片山憲太郎
イラスト／山本ヤマト

電波的な彼女 ～幸福ゲーム～ 新装版

片山憲太郎
イラスト／山本ヤマト

紅 新装版

片山憲太郎
イラスト／山本ヤマト

紅 ～ギロチン～ 新装版

片山憲太郎
イラスト／山本ヤマト

不良少年・柔沢《じゅうざわ》ジュウは堕花《おちばな》雨《あめ》と名乗る少女に付きまとわれている。ある時、連続通り魔殺人に遭遇したジュウは、雨を疑って…。

何の前触れもなく始まったジュウへの嫌がらせが次第に過激になる。雨の妹、光《ひかる》の被害を聞いたジュウは犯人捜しを始めるのだが…？

揉め事処理屋を営む高校生・紅《くれない》真九郎《しんくろう》のもとに、財閥令嬢・九鳳院紫《くほういんむらさき》の護衛依頼が舞い込んだ。任務のため、共同生活を開始するが…!?

悪宇商会《あくうしょうかい》から勧誘を受けた紅真九郎。一度は応じたものの、少女の暗殺計画への参加を求められ破談にした真九郎に《斬島《きりしま》》の刃が迫る!!

ダッシュエックス文庫

紅 ～醜悪祭～ 新装版
片山憲太郎
イラスト／山本ヤマト

紅 ～歪空《ゆがみそら》の姫～
片山憲太郎
イラスト／山本ヤマト

ソロ神官のVRMMO冒険記6 ～どこから見ても狂戦士です 本当にありがとうございました～
原初《げんしょ》
イラスト／へいろー

異世界蹂躙 ―淫靡な洞窟のその奥で―
ウメ種
イラスト／ぼに～

揉め事処理屋の先輩・柔沢紅香《じゅうざわべにか》の死の報せが届いた。真相を探る紅真九郎の前に、紅香を殺したという少女・星噛絶奈《ほしがみぜな》が現れるが…!?

崩月《ほうづき》家で正月を過ごす紅真九郎に、お見合い話が急浮上!? 裏十三家筆頭《歪空《ゆがみそら》》の一人娘との出会いは、紫にまで影響を及ぼして…!?

リューの家の隣に引越してきた少女の正体は現実世界のアッシュ!? アッシュの過去を知ったリューは、新たなイベントに奮闘する!!

『性』の知識を得て欲望の限りを尽くすたった一匹の闇スライムによって、天才魔道士も奴隷も女騎士エルフも無慈悲に蹂躙される!?